狂人の船

クリスティーナ・ペリ＝ロッシ

南 映子 訳

La nave de los locos

Cristina Peri Rossi

Eiko Minami trans.

創造するラテンアメリカ 6

松籟社

La nave de los locos

by

Cristina Peri Rossi

Translated from the Spanish by Eiko Minami

狂人の船　【目次】

狂人の船

人生とは、意図せずに始められてしまった実験旅行である。

フェルナンド・ペソア

二〇世紀を支配する理性と悪夢の婚姻は、これまでになく曖昧模糊《あいまいもこ》とした世界を産みおとした。

J．G．バラード

他の人間の沈黙ぐらい、確実にわれわれを滅ぼすものはない。

ジョージ・スタイナー

エックス　旅―一

夢の中で、ぼくはある命令を受けていた。「都市に着いたら、それを描写しなさい。」命令に従うべく、ぼくは尋ねた。「重要なこととそうでないことを、どのように見分ければいいのでしょうか？」

その後、ぼくは麦畑で藁《わら》と穂を分けていた。灰色の空とライラック色の雲の下、手間はかかるが易しい仕事だった。時間は存在せず、石のように続いていた。黙々と働いていると、そのうち彼女が現れた。彼女が畑に身を傾けて一本の藁に憐れみを示したので、ぼくは彼女を喜ばせようとその藁を穂の中に混ぜた。すると彼女は一つの石にも同じように憐れみを示した。それから、一匹のネズミの慈悲を乞うた。彼女が去った後、ぼくは混乱していた。前よりも藁が美しく見え、麦の穂は恐ろしげに見えた。懐疑の念にとらわれた。

ぼくは仕事を放棄した。そのときから藁と穂は混ざったままだ。灰色の空の下、地平線は一つのしみで、あの声はもう答えない。

エックス　旅―一

あなたはよそものを虐げてはならない。あなたたちはよそものの魂がどのような状態にあるかを知っている。あなたたちはエジプトの地ではよそものであったからである。

（『聖書』「出エジプト記」二三―九）

よそもの《エクストランヘロ》。外《エクス》へ。国外追放《エクストラニャミエント》＝奇異感。土地のはらわた《エントラニャ》の外へ。はらわたを取り出された《デスエントラニャード》。産み直された。よそものを虐げてはならない。なぜなら。あなたたち。あなたたち。あなたたちは。そうではないあなたたちは。知っている。あなたたちは知っている。私たちは知り始めている。どのような状態にあるか。どのような。よそものの魂。異質な者《エクストラニョ》の。入りこんできた《イントロドゥシード》者の。闖入者《イントルーソ》の。逃げてきた者の。放浪者の。さまよう者の。誰か知る人はいたのだろうか？　よそものの魂がどんな状態にあるのかを誰か知っていたのだろうか？　よそものの魂は悲痛であったのか？　恨《うら》みを抱いていたのか？　よそものには魂があるのか？　あなたたちはエジプトの地ではよそものであったからである。

　船の警笛《シレーナ》は、ちょうど『イーリアス』の第六巻第一八詩行のところでうなり始めた。「気性のすぐれたテューデウスの子よ！　何故私の生まれを問いただすのか？」グラウクスがディオメーデースに対峙しようとしている場面だ。セイレーン《シレーナ》、キルケーの島とスキュラの礁の間に浮かぶ島に住み、甘美な声で船乗りたちを魅了した神話の乙女たち。彼がそのことを思い出したのは、ちょうど航海の五日目で二つ目の寄港地だったからだ。美しき乗船客《ラ・ベジャ・パサヘーラ》は彼のもとまで歩み寄り、海にあきた白い雌猫が喉を鳴らすような声で、何とはなしに訊いた。

「何の本を読んでらっしゃるの？」

　彼は愛想よく答え、違う翻訳もあることを知らせた。これとは別の翻訳では、グラウクスは「なぜ私の父祖のことを尋ねるのか」と言っていたし、セイレーンたちの描写も同じではなかった。サルヴァトーレ・クァジモドはイーリアスの新訳に着手し、初めの数巻を訳した。完訳には至らなかったが、四巻の美しい詩篇ができあがっていた。彼らは今どこにいるのか？　ああそうだ、船倉につめこまれて、いずれかの方角に、東か西、北または南を針路に、海上を数百マイル進んだところだ。彼は地理にも海にも通じたためしがなかった。

「ほんとうに旅はこれが初めて？」　航海の五日目に、彼は美しき乗船客からそんな質問をされていた。緑の瞳と広い海。揺れる尻と大きく開いた襟《えり》ぐり。海がコップの中の水のように揺れている。あるいは船が。船は満潮の外洋で揺れるコップだった。干潮かもしれない。誰に見分けがつくだろう？

「そうです」と彼は答えた。「これが初めての旅なんです。」さて、これから説明を始めなくてはならないだろう。「その代わり」彼は何かから自分を救おうとするかのように言った。過去から、未来から、次の質問から、あるいは疑念から。「本の中では、あらゆる旅を読んだことがあります。」

彼女は黙ったままだったが、興味深そうに彼を見つめた。あまりにじっと見つめられ、誘われているようで、彼は落ち着かない気分になった。

「こんなふうにだって言えるでしょう。」臆病さを隠すためという以外には弁明のできない横柄さで彼はつけ加えた。「この旅は五回以上読んだことがあるってね。」

読んだことのある旅。病院の廊下によく似た、船内の黄土色に塗られた狭い通路。海のにおい。病室のようにそれぞれの部屋番号が扉に書かれた客室。二等客用のバーには、赤い革張りのスツールにオレンジ色のライト、小編成の楽団がいつも同じ曲を調子はずれに演奏している舞台。古くてノスタルジックな音楽、どの土地のものということもなく、あらゆる年齢のあらゆる乗客のあらゆる気分に合った音楽。「スターダスト」、「サムシング・トゥ・リメンバー」、「キューバへ行こう」、「シボネイ」、「バイーア」。ひょっとすると、彼らは新しい曲を取り入れ、「君にダイアモンドを」、「ドミノ」、「ミッシェル」を文字どおり演奏＝処刑《エヘクタール》することがあるかもしれない。

読んだことのある旅。美しき乗船客は緑のドレスに身を包んでけだるく船べりを歩き回り、偽りの好奇心は決まって薄暗い船室に向かって行った。夜になって踊るときには、控えめな愛嬌と絶妙な挑発で、ロス・パンチョスのスローテンポのボレロに合せてステップを“amoooooor”《アモーーーーーール》の「ｏ」のように引きのばし、腰を（ぴったりのタイミングで、揺れる海のように）打ちつけてルンバを踊ったが、彼だけはその姿を見て憂鬱《ゆううつ》な気分になった。船に乗って空間を移動しているのではなく、時間をさかのぼっているように思えた。

読んだことのある旅。朝食時、食堂へ向かう通路は混み合い、寝不足顔で欄干《らんかん》にもたれかかる乗客たちの姿が見える、だって昨日の晩は海が大荒れで、ほら、壁の鏡も揺れるほどだったでしょう、船酔いの薬を探そうとしたらバッグの中身をぶちまけてしまって、見つからなかったんです。昼食時の乗客たちは貪欲さを隠しきれない、乗船代の元をとろうとする彼らは日々くりかえすばかりのメニューをじろじろと見て、珍しいデザートがあるんじゃないか、シャンパンはないかと期待を胸に探すが、船にそんなものが届くことはない。

読んだことのある旅。フロアで繰り広げられる夜のダンスパーティーは夜明けまで続き、航海士たちはプロの視線を脚からかかとへ、太腿《ふともも》から尻へと動かしながらアメリカの紙巻き煙草にゆっくり火をつけ、いつもの台詞《せりふ》をくりかえす、船というのは、世界（一五日の航海の間は姿を見せない世界）の複製《レプリカ》だ。縮尺したあらゆるレプリカと同じくつまらないものではあるが、やはりここにもルールがあり、ここでも皆がハンティングに夢中になっている。強者がいて社会階層もあれば市場もあるんだ、と。さあ、楽団がとりかかり《アタカ》、攻め《アタカ》、演奏する《エヘクタ》のは「第三の男」だ、ささやかなスポットライトが舞台上のサクソフォン奏者を照らし出す、サクソフォンのソロ、セックスとラム酒《セクソ・イ・ロン》、黄色い光がずんぐりした手の青い産毛《うぶげ》を照らし、何組かのカップルが遅れがちに重い体を動かす、船酔いとアルコールの酔い、不確かさや波やつかの間の関係がもたらす酔い、船にはゲットーじみた、牢獄のようなところがある、フロアの中央では美しき乗船客が一人きりで踊る、今のところ相手はいらない、彼はウィスキーをもう一杯頼んだところで、彼女の姿は切り紙の飾りや中国風提灯《ちょうちん》の灯りの下に見え、ホールの電灯が消えた後も吊り下げられたままの紙飾り、何の価値もないトロフィー、悲しげな証言、瀕死の蛍たちを見ると、幼い頃の思い出がよみがえる。[1]

　船上の夜は自由に行き来できない、守るべき独自の規範が、掟が、習わしがあるのだ。一二時を回ると、愛想のよくない給仕係たちが（チップを渡さないしいつも腹をすかせているというので二等船客を軽蔑している）、大広間の白い長テーブルにピッツァを盛った皿を置く。すると息を切らして踊っていた人たちが飢えた亡命者のように皿の方へ突進してくるだろう。よそものを虐げてはならない。なぜならあなたたちは。フロアには誰もおらず、紙飾りだけがぶらさがっている。皆がテーブルの周りにつめかけ、赤いソースがテーブルクロスに滴《したた》り落ちる。一人、美しき乗船客だけは皿をめがけて駆け出すようなことはしない。詮索するような目つきで遠くから彼のことを見つめ、彼はその視線を合図として受け取る、それは外洋の光、夜に旅人たちを導く緑の灯台だ。この旅の中にはもう一つの旅がある、と彼は感じる。

　一人の船員が明日土曜日の催《アクティビダデス》しを記したポスターを貼る。七時、朝のミサ。海上のミサにいったい誰が行くのだろう？　A26船室の老夫婦はもしかすると行くかもしれない。歯の抜けた老女と病気の夫。彼は二度ほどその夫婦と相席になったことがある。夫は胃の調子が悪いとこぼす、何を食べても胃がもたれるんだ、と。すると妻はわかっていますとばかりにほほえんで周りを見渡し、他の（無関心な、自分の皿だけに没頭している）乗客たちに説明する。

「船酔いなんですよ、おわかりでしょう？　海の揺れで、この人、気分が悪くなってしまうんです。」

　死を迎えさせるために故郷へ連れて行くのだろうか？　死ぬために自分の生まれた村へ行くのだろう

か？　老人の顔は黄ばんでおり、目の下は緑で、ほとんど口もきかない。老女は皿をついばみ、ゆっくり咀嚼《そしゃく》する。急ぎもせず、焦りもせず、いつも食事を平らげる、たとえテーブルを立つのが最後になり、給仕係がじりじりしながら彼女を見つめていたとしても。灰色の鳥のように、老女は目の前に置かれたものを食べつくすのだ。老人にはそれができない。食べ物を見ると血の気が引いて、マネキンの肌のような、蠟《ろう》人形のような色になる。《ほらほら、お上がりなさいな》と老女は執拗《しつよう》に言う。するとパスタのソースの赤い色はいつにも増して体に悪そうに、攻撃的に見えてくる。彼は同じ光景をくりかえし見るのにうんざりし、他の乗客たちがパンのかけらで皿の底をきれいにしている間に、とうとう老女に話しかけた。

「船医のところに連れて行って、特別のメニューを頼んだらいいかがでしょう。」

　老女は驚いて彼を見た。それから、ほんとうに病気である可能性を初めて本気で考えたかのように自分の夫を見つめた、その可能性が何か侮辱的なもの、夫の価値を貶《おとし》めるものであるかのように。老人に

1　カルロス・ガルデルのタンゴ『想いが届く日』の「君の髪に巣をかけるだろう《アラン・ニド・エン・トゥ・ペロ》」を、ウェルキンゲトリクスは「君の髪の中にいるダニ《アラクニド・エン・トゥ・ペロ》」と自由に解釈していた。カルロス・ガルデルが女性の髪の中に入り込んだ赤いダニのことを歌い上げるのは少し妙だと思ったが、愛に関してはかなり物わかりのよいウェルキンゲトリクスは、低音域の深い声で同じ一節を調子はずれに何度も歌った後、もう歌詞は変えないときっぱり決めた。広場やカフェや夜の盛り場で、彼は見知らぬ女たちの髪をじっと見つめ、染めた髪の下に黒いダニの巣はないかと探したものだった。

はまったく関係のないものであり、自分たち二人が築いてきた秩序を変えてしまうものであるかのように。それから、湯気を上げているコショウのきいた赤いソースに再び視線を落とし、これを無駄にするなんてもったいないという表情になり、彼に言った。

「いいえ。海です。海ですよ。これは海の酔いです。」

彼は船上の葬式を想像し、気が滅入《めい》った。

一〇時から一二時、様々な活動。二等船客のホールにある栗色の革張り椅子は、海に背を向けて居眠りする年寄りたちに占拠されている。頭をあずけて脚を開き、おんぼろの人形のような恰好で居眠りをしている。いくつかのローテーブルでは、ドミノやカードゲームが行われている。その他に、人気《ひとけ》のない読書室がある。航海初日、彼はちょっとした好奇心を抱き、本棚を端から見ていった。暗色の棚板にはニスが塗られており、船が突然揺れても本が落ちないようガラス戸がついていた。室内には誰もおらず、次の日もまた次の日も、そこで誰かに会うことはないだろう。壁に貼られた一枚の紙には、乗客の誰かがもしも（万が一）本を読む気になった場合に取るべき手続きが示されていた。乗務員に声をかけ、パスポートの番号とお読みになりたい本の題名をお伝えくださいい。預かり証と引き換えに、本をお受け取りくださいい。『聖人伝』、『ロビンフッド』、『園芸の手引き』、『マリーア』、『エジプトのピラミッド』、『小型帆船の冒険』、『いいなづけ』、『ハムレット』。その部屋はなんだか落ち着く居心地のよい空間で、彼はかなり長い間そこにいた。細長い卵形で色の濃い木のテーブルが一つあり、その上には緑のメラミン樹脂でできたランプが三つ、木目の楕円をほどよい明るさで照らしている。壁は船の絵で埋めつくされている。黄色い帆桁《ほげた》にぴんと帆を張った一六世紀のフリゲート船、フランスの小型帆船、二つのブリッジと六〇の大砲を備えた艦艇、それに、大きな赤い十字の記章を掲げた一五世紀の船。この部屋はがらんとしているが、海がうなるような音を立てて船を脅かすようなときに読書をするにはもってこいだと彼は思った、パイプを吸いながら本を書くのにもちょうどいい、絶えず再開をくりかえし、決して終わることのない長い船旅の物語だ。この他に船の客室配置図と各階の船内図が貼られていた。

読んだことのある旅。望んで出た旅は一度もなかった。

太陽が照りつけていようといまいと、ゲレンデのようになめらかな甲板には、色むらが出ないよう注意深く念入りにペンキを塗る乗組員たちがいた。中世の人々が要塞を攻撃するときに使った木製の装置みたいだ。船は木材の塊が台座に乗ったものだという感じを彼は受けていた、船が重い体でゆっくりと進むにつれ、水は扇型に開いていく。

読んだことのある旅。楽団が「マイ・フーリッシュ・ハート」の最後の数拍を演奏している最中に、そして彼がタバコを床に捨てたちょうどその瞬間に、美しき乗船客が彼のもとに歩み寄り、大きな緑の目で彼を静かに見つめながら言った。

「チェスのお手合わせを。」

彼はおとなしくチェス盤の置いてある部屋までついていく、こんな夜更けには誰もいないはずだ。彼は女性の後ろを歩き、猫科動物《フェリーノ》のような腰の動きが彼を香りのように引き連れて行った。

二人は緑のテーブルクロスを敷いた感じのいい小テーブルの前に座った。その横の窓から、濃密で黒い海は見えなかった。彼女は手際よく駒を分けた。《ぼくの負けだ》と彼は瞬時に思った。まだ駒を盤に並べてもいなかったが、もはや勝利の可能性はなかった。胸の内で敗北を感じながら、間もなく逃亡することになる不運な歩兵《ポーン》たちを一列に並べた。彼女のもとには、洗練されたビショップたちと賢明なゆるぎない足取りで盤の上を動く日焼けしたナイトたちがいた。《負けるだろう》と彼は思った。《ぼくはもう負けた。》

白い制服の航海士が部屋にやって来て、ゲームを眺めていた。航海士は盤を見つめる女を見つめ、女プレイヤーのすらりと伸びた上品な手はこのうえなく精確に作戦遂行《オペラール》=手術していた。外科医がすっと皮膚を切開するように、彼女は空いているマス目にビショップを切り込ませ、常に前進しながら危険を摘出した。《君は負けるね。もう負けだ。盤の向こう側から見ると、君はもう負けている。》航海士の知的な視線が彼にそう言っているように思えた。

彼は苦しまぎれにクイーンを動かしたが、それは抑止力にしかならず、それから待機に入った。航海士の目が美しき乗船客に賞賛の視線を送って彼女を称えているようすが見える、その視線は、美しくカットされた豊かな髪と、広い肩、日焼けした背中、しっかりした脚、そしてほっそりした手を、まなざしの輝きや考え抜かれた駒の運びと同時に意識していた。

チェックメイトが決定的になる前に、彼はキングを降参させた。

部屋を出るときに航海士は彼女をバーに誘ったが、彼女はそれを断って彼の腕をとった。

「それで、これが初めての旅なんですって?」おなじみの会話を再開するかのように彼女は話し始めた、あたかも今から船室で話を続けるつもりでいるかのように。

彼女が扉を閉め、靴もはいたままでドレスを脱ぎ始めたとき、彼は思った。これも読んだことがある。

読んだことのある旅。寄港せずに一〇日が過ぎた後、彼は船べりに近づいた。西の海は白い波のレースに包まれ、生まれたばかりの赤ん坊のようだった。東側は植物の細かな根で覆われたどろりとした液体で、かすかな日光を受けて腫脹《しゅちょう》する羊膜に見える。南の航跡は誰もたどることのない水の小道となり、アナロジーの海に迷い込んだ探検家たちを思わせる。北の海は黒いタール質の水面で、泥炭の湖に捕まったトカゲの痕跡がある。たった一匹、窮地に追い込まれ、頭を出す力の残っていないトカゲ。ちょうどあの小さな男の子（三歳より上ではないだろう）のような。その子は、骨ばった大きな頭をした背が高くて不恰好な父親に、もうすぐ街に着くからとなだめられている。少し風が出て、父親の白いシャツは応える者のない旗のように外洋でたなびく。塩辛い海水のしずくが手すりを濡らし、誰も座る人のいない赤い縞模様《しまもよう》のデッキチェアーは棄てられたテントのようだ。男の子は父親の黒いズボン（向い風を受けた帆）にしがみつき、駄々をこねた。

「そとにいきたい！　そとにいきたい！」

エックスは寄港する場所のない大海の広大な大通りを、古来の揺れをたたえた液体の表面を見つめ（男の子は《そとにいきたい！　そとにいきたい！》と叫び続けていた）、手すりに近づいて白いペンキで塗装された冷たい鉄に触れると海水の塩分がペンキの上から再び浸食し始めており、光り輝く波頭の下に目を凝らして海底に沈んだ街の遺構を探した。そして、生贄《いけにえ》にされた動物の生温かい心臓の音を聞く卜占《ぼくせん》官のように、男の子に言った。

「海の底には街があって、そこにはりめぐらされた通りには、魚の形をした木が生えていてタコが回転木馬のように回っているんだよ。水の花や透明の壁でできた家もあるし、緑のナイフや、怖くないように一晩中明るい灯台もある。でも、見方を知らないとだめなんだ、その街は隠れているからね。」

男の子は、じっと黙ってポケットをさぐり、磨かれた青いガラスのかけらをとりだした。大泣きした朝、ある船員からもらったものだ。それをエックスに見せて言った。

「このレンズがあれば、ぼくにもそのまちがみえるかな。」

船上新聞

六月一二日　月曜日

昨夜八時半、ジブラルタル海峡の通過パーティーが予定どおり行われた。この催しには大勢が集まり、たいへんな賑わいを見せた。詩の花賞は栄えある乗船客のホアキン・アーリアス氏に授与された。氏は感動のこもった声で、自作の美しい詩行を朗読した（銀の超薄型シェーファーで、日付と時間を表示するだけでなく、素敵なメロディーが鳴る機能がついている。眠ってばかりで肥満傾向のあるアーリアス夫人の目覚まし用だ）。受賞者には、船長、航海士、乗客係、料理人、演奏家および乗客らのサインが入った豪華な証書が手渡された（エックスはこれにサインしなかった。最後の詩行の類音韻にはどうしても納得がいかなかったのだ。信条の問題だと彼は言った）。ホアキン・アーリアス氏は、すばらしいドレスに身を包んだ令夫人と令嬢に伴われていた。

また、我々の敬愛なるお客様の一人、ベニート・アロンソ氏の誕生日祝いも行われた。氏は最も親しいご家族に囲まれ、船上で六五歳の誕生日を迎えた。ベニート・アロンソ氏は生まれ故郷に帰る途上だ。氏はアメリカ大陸で過ごした年月を思い起こし、感動的なスピーチを我々にご披露くださった。これまでに払ってきた数々の大きな犠牲や、ボーイからレストランチェーンの支配人になるまでの商売人としての輝かしいキャリア、それから故郷に錦を飾りたいという望みについて。その望みはついに今かなえられつつある。親切なお客様方が呼びかけた募金で、氏には天然シルクのネクタイが贈られた。

明日は船上仮装パーティーで、最も独創的な仮装をした人には賞品として銀製のカトラリーケースが贈られる。受賞者はフロアの拍手によって選ばれるだろう。その後、我々の船が誇るすばらしい楽団の演奏でダンスパーティーが開催される。この日をより盛大に祝うため、ブリッジAとブリッジBに紙飾りが施されることとなった。

現在地と天気

昨日正午、我々の船は北緯二〇度、西経九四・一五度に位置していた。曇天、東の微風。凪。

気温　セ氏一二度。

真夜中頃、ジブラルタルの灯台が見えるだろう。

天地創造《クレアシオン》のタペストリー Ⅰ

タペストリー[1]は水平に置かれており、訪問者は正面にある彫刻の施された木の長椅子に腰かけて、あるいは数歩離れたところに立って、視線を左から右の端へ、上から下へと動かしてその全体をじっくり眺めることができる。ある種の絵画について言えるように、そのタペストリーの中では、相当の執着心さえ持っていれば人が生きることもできるだろう。タペストリーを構成するすべての要素が、完全な調和の状態にあると感じられるように、空想上の生き物や実在する生き物たちに囲まれ、宇宙の一要素として全体に組み込まれていることを感じられるように配置されている。魚の尾のついた鳥、羽の生えた犬、カメの甲羅《こうら》を持つライオン、オオカミの顔をしたヘビがいる。魚釣りをする天使がおり、ふくらんだ皮袋につめられた風がある。タペストリーの中のあらゆるものが、ある意図に応じて配されている、すなわちそれを見る人間が――とりどりの色糸で描かれた人間の鏡像が――オウムの頭をした牛や披針《ひしん》形《けい》の葉の生えた剣と同じレベルで天地創造を共有できるようにしたいという意図に、その人が織物の枠から出ることなく、天地創造のただ中に身を置きつつ縁や端からも遠ざからないようにしたいという意図に応じて。絵画にもこれと同じように、周りの世界から解き放たれて没入できるものがある。

そのタペストリーは一一世紀か一二世紀に織られたもので、幅はもともと六メートルあったが現在では三メートル六五センチしか残っていない。時の侵食によって（しかも動乱の時代が続いたので）そのほぼ半分が失われてしまったが、何本かの色糸や全体の構造を手がかりとすれば、消失した部分にどのようなテーマが展開されていたのかを推測することが可能であり、残されたいくつかの断片がその推測の正しさを裏づけてくれる。細工の繊細さや織りの美しさや色彩の調和に加え、私たちがこの作品を見て驚嘆するのは、その独特の構造である。完璧に幾何学的な構造を、ほぼ半分が消失してもなお、大聖堂の壁でとは言わないまでも頭で思い描く枠組みの中でなら全体像を復元できるほどの確実な構造を備えているのだ。失われた数メートルが頭の中に広がると、それは宇宙の比喩を意味する一つの調和の断

1　これはジローナの大聖堂の「天地創造のタペストリー」である。エックスは旅の途上でこのタペストリーを見た。そして感銘を受けた。ゴシック様式のタペストリーが非キリスト教的な宮廷の要素とキリスト教の象徴を組み合わせているのとは異なり、天地創造の方はずっと質素で、完璧に求心的で秩序のある世界を構築することが可能だった中世の宗教性に対応している。しかし、あらゆる調和はそれに反する現実の要素を破壊することを前提としており、そのため、ほぼ例外なく、象徴的なものである。エックスはタペストリーを見つめながら、リズムには魅了されるが懐かしさをかき立てられることのない古い伝説のようだと感じていた。

片のようだ。どんな構造の中でも私たちが愛着を覚えるのは、世界というものを表す一つの構図であり、破壊的な混沌に秩序を与える一つの意味《シグニフィカード》であり、理解可能な、したがって修復力を持つ、一つの仮説である。それが私たちの逃亡や離散の悲しみを、秩序の失われた状態の悲惨な経験を修復してくれる。素材全体に意味《センティード》を与えようとしながらそれでも複雑さを放棄することのない、理性と感性を備えた努力。このような織物や画布の中でなら、一生の間だって生きることができるだろう、完璧に理解可能な言説のただ中に身を置きながら。その意味《センティード》は宇宙全体を内包する比喩なのであり、そこに疑いをはさむ余地はない。

私たちを現在も未来も驚かせるのは、よくぞたった一人の知性にこれほど説得力があり安らぎを感じさせるすばらしい構造が産み出せたものだ、ということだ。比喩であるとともに現実であることを放棄しない、一つの構造を。

エックス―三　男は女の過去

マドリードからトロントへのフライトの中で読んだ外国の雑誌に載っていた世界保健機構（ＷＨＯ）の予測をふまえると、彼も概算値の枠に収まる人間の一人であるならば、エックス[1]は七〇歳まで生きることになっていた。とはいえ、スピードを出した車か（彼は外を歩くときどこかぼんやりしている）、タバコか（《ぼくの死を早めてくれ》とウェルキンゲトリクスはタバコをせびるときによく言っており、この言い回しはエックスが同郷人たちの心理的な特徴と考えている習慣、つまり不安の種を不吉な冗談に変えるという習慣のあらわれだ）、もしくは思い上がった将軍などが不意に現れて、統計値を混乱させるようなことがなければの話だが。死ぬまでに残された年月はシネマ・レックス[2]の座席で午後二時からの連続上映を見て過ごしたいものだとエックスは思っている、スクリーン上のジュリー・クリスティーが立ち回るのを見つめていたい（尾骶骨《びていこつ》が痛くなってくるが、美とは何らかの犠牲を要求するものだ）、スクリーン上では時の経過にさらされず蜂巣炎《ほうそうえん》にも癌《がん》にも中性子爆弾にも危害を加えられないはずだ。

そうしたすべてのものから自分が彼女を救いたかった、そして部屋の中で彼女を待ち受ける忌まわしい怪物、最後のフィルムに隠れ、秘密のマシーンを使って彼女を犯そうとしている、目には見えない全能の執拗な怪物からも。ジュリー・クリスティーは漠然とした恐怖に駆られて神経質に歩き回っている。勝手知ったる(自分の仕事場である)実験室の中に、彼女に恐れを抱かせるようなものは何も見当たらない、それなのに彼女の鼻腔(繊細で魅力的な蝶の羽)は気づかない程度に震えており、ガゼルのような目はそわそわと落ち着かず、フラスコと瓶の間に、蒸留器と試験管の間に何かのしるしを、自分を待ち受ける危険の兆しを探している。その怪物は——目には見えないがあらゆる場所に存在しているのが《独裁政権のよう》だとウェルキンゲトリクスは言う——圧倒的な頭脳が発する命令によってドアと窓を閉めた。ジュリー・クリスティーは何かが落ちる音を聞き、最後の錠が掛かるのを聞きつけるとドアに駆け寄って絶望の叫びを上げるが、その声は誰の耳にも入らず、エックスは冷や汗をかき始める。ジュリー・クリスティーの美しい目の中で恐怖が籠《かご》に閉じ込められた鳥のように羽をばたつかせ、ジュリー・クリスティーの髪が次第に乱れていき、ジュリー・クリスティーの脚が出口を必死で探し、彼女の金髪、肉感的な唇、張り切った乳房、しなやかな腕のせいで汗がにじんでくる、そして不意にウェルキンゲトリクスが言う。

「ぼくはもう耐えられない。行くよ。もうたくさんだ。」

彼は映画館に一人取り残され(場内はがらがらだった)、スクリーンに映し出された女の顔を、彼女の髪を見つめている。一人でじりじりしながら(宙吊りの状態が極度にひきのばされ、病的なまでに増殖されたディテールが邪悪なよろこびへと誘う)、冷徹なマシーンが現れ、機械の、精確に組み立てられた部品の、地震や火山の噴火に似て抑制しがたくいつでも動き出せる力の激しさと無情さで、美しいジュリー・クリスティーに襲いかかるのを彼は待っている。ただ一人じりじりしながら、自分自身の呼吸が興奮したマシーンの荒い息づかいによって増幅されるのを聴きながら。自分の妄想がスクリーン上に映し出されてしまうことだけを恐れながら、そして、ジュリー・クリスティーへの愛、彼女を救いたいという思いと、これから起きる出来事に対する邪《よこしま》な秘密のよろこびの間で引き裂かれながら。マシーンが部屋の中のあらゆるものを容赦《ようしゃ》なく破壊する、マシーンが壁に穴を穿《うが》つ、少しでも障害物になるようにと彼女が通り道に置いた物をマシーンが息を荒げて粉砕する、マシーンがジュリー・クリスティーのドレスをぼろぼろの枯れ葉にし、裸になり無防備で魅力の絶頂にいる彼女のそばで笑い声を上げる。裸のジュリー・クリスティーは裸に見えない。海の色をした目の、乱れて衰弱した意思の読めないまなざしをまだ身にまとっている。アボカドのように張り切った乳房をまだ身にまとっている。マシーンが耳をつんざくような音を立てて彼女をベッドに押し倒す、光り輝くレーザー光線の間に。

周りにあるすべてがどうしようもなくばかげて見えた、スクリーンの上での、途方もない、多角形の、白鳥によるレダの征服のように獣じみたあの行為を除いた何もかもが。宇宙の発生を思わせる雄のオルガスムスの突発と比べるとすべてがどうしようもなくばかげて見えた、特に猛《たけ》り狂うマシーンに立ち向かうことのできなかった愚かな男たちが、何も知らずに彼女を一人にしてしまったあの男たちが、そして映画館のとなりの建物には女性のグループが掲げたポスターが見えた。ポスターには大きな字で**男は女の過去**とあった。外は雨が降っており、映画館の受付係は三度目に出てきた彼がまた切符売り場に向かうのをじっと見つめ、嫌味な表情を浮かべて言った。

「会員になるといいですよ。サッカークラブのサポーターみたいに。」

席に戻った彼は、ネオンの光と、囚われの身になってマシーンの男根に貫かれたジュリー・クリスティーの青い目の光の酔いからまだ醒《さ》めておらず、上映中のシーンを見てはいなかった、彼がスクリーン上に見ていたのはダニエルスの出来の悪い映画ではなく、体を揺らすジュリー・クリスティー、髪を揺らすジュリー・クリスティーの姿だった、男は女の過去、意識にのぼる以前のあらけずりな過去、あらゆる過去と同じように嘆かわしいものと囁《ささや》くジュリー・クリスティーだけを見ていた、マシーンは再び彼女を犯そうとしており、どこにでも現れる獣じみたマシーンの正体を見極めるのは不可能だった、というのも実のところそれは象徴だからだ、マシーンはあらゆる場所に姿を現す一つの象徴で、ジュリー・クリスティーは、つまり男の未来は、それに何ら抵抗することができないのだ、なぜならその鈍重なぎこちない動きをする粗野で思い上がったマシーンは、その偉大なる男根の象徴は、無敵の権力機構は、限度も知らなければ抵抗を受けたこともないのだから。

最後の上映が終わると、疲れ果てた彼は、受付係のからかうような視線を浴びながら映画館を出た。「写真《スチール》はいかがでしょう」、その男は、わかっていない者が抱く忌まわしい優越感をあらわにして言った。「どれがよろしいですか？　犯されるシーン？」そして「もう閉めますが、明日になればまた開けます。安心してお休みになるといいですよ、大丈夫、いつだって席は空いてますから」と、からかい半分の庇護者然とした口調で言い添えた。

「人生の中で嫌いなことが二つあるんです」とエックスは答えた。「その二番目が、待つことだ。」

ウェルキンゲトリクスは、少し酔っぱらった状態でバーの扉近くにいた。オランウータンのような大きくて汚い手でポスターに殴りかかり、やぶろうと試みた後だった。ポスターは濡れてぼろぼろだったが、どうにか持ちこたえていた。ウェルキンゲトリクスにできたのは、HOMBRE（男）のHとPASADO（過去）のSの文字に穴を開けることだけだった。

「おい、いったい何してるんだ?」彼の姿を見たエックスがとがめた。右腕にはAの文字、肩にはDの文字がひっかかり、ピエロに扮しているようだった。

「男の未来をばらばらにしてる」とウェルキンゲトリクスは答えた。そのすばやさは、アルコールの湖からことばを救い出す訓練を積んだ酔っ払いに特有のものだった。

1．名前というものは性別と同じく本質的なものではないとエックスは思っていた、もっとも、いずれの場合もそれにふさわしくなろうと努力する人は存在するのだが。あるとき、自分につけうる名前を戯れにリストアップしたことがあった。ウリセス（ユリシーズ）という名は各地を移動する彼の境遇を際立たせるのにぴったりだが、かの叙事詩の世界にしばられすぎる。そんな名であれば、彼は現代的な波乱の物語としてオデュッセイアを書き直す義務を負ったように感じたことだろう。献身的な妻から逃れるための動機はどんなものであってもいい。アルチバルドは響きがよいが、なんだか古めかしい。どこかの騎士団の騎士だったろうか?　となりに住む女性の百科事典で調べてみる必要があるだろう。その善良なご婦人は、家の肘《ひじ》かけ椅子と同じまばゆい赤の総革で製本された三六巻の百科事典を買ったばかりだった。特典として光沢仕上げの家具をもらい、そこにテレビと猫を置いたそうだ。エックスは、分冊ごとに刊行される百科事典を売って生計を立てている人物を知っている。その人は乗り気でない客がどんな返事をするのかを熟知しており、それを冊子にまとめて出版したところ訪問販売員協会から表彰を受けた。エックスが彼と知り合ったのは偶然のことだった。その人は『医学大系』のうちエックスがまだ持っていない巻、つまり「実用の手引き」を売ろうとしたのだ。自分の顧客はほぼ全員が心気症なのだと彼はこっそり明かした。《ぼくと同じだ》とエックスは答えた。《もし、まだお持ちでない巻を一度にお買い上げになれば》と販売員は説明した。《医者に行かなくても、ご自身ですぐに役立つ診断ができますよ。》《ぼくは毎週月曜に発売されるのを待つ方がいい》とエックスは答えた。《週末が近づくとぼくはいつも最悪の気分になるんですが、日曜の夜は期待感いっぱいで床に就きます、次の分冊には自分の新しい病気のことが見つかるに違いないと期待しながら。》販売員はどこか戸惑ったようすだった。それからすぐにメモ帳を取り出して、書きつけた。「もう一度おっしゃってください、その期《エクス》…」「…待感《ペクタティーバ》」エックスは助け船を出した。それから彼は、正しく書けていることを確かめるように、今書いたページの今書いた行を読んだ。「これはすごい！」販売員は叫んだ。「そんな議論はこれまで聞いたことがありませんでした。訪問販売員向けの質疑応答マニュアルの改訂版にはこれを足して、適切な答えを考えておかなくては。毎日何かしら新しいことを学ぶものですね。答えが見つかったらお電話します。」そう言って、ビールを一杯ごちそうしてくれた。

イワンという名でもいいと思ったが、誰かに「東」からの亡命者だと思われるに違いなかった。オラシオは、『石けり遊び』の後では、ありえなかった。

2. 映画館は、後にインフレーションと技術革新とビデオテープの登場が原因で取り壊された。跡地には自動車の墓地がつくられたが、かつての映画館と同じぐらいさびれている。数年後——ジュリー・クリスティーが洗足修道会《エルマーナス・デスカルサス》の修道女になった後——エックスは近くの空き地で映画館のネオンサインの残骸を見つけた。ちょうどX《エックス》の文字だった。まだいくつかの電球やワイヤーが残っており、ケーブルはぼろぼろで少しは灯りがつくかもしれないと考えるのも無駄だったが、エックスは恨みでも抱くかのようにその文字を両腕で抱きかかえてアパートまで引きずって行った。息を切らしながら、やっとのことで文字と一緒に階段を上がった。門番の女性は何も言わなかった。彼が一人で暮らすのを見るのに飽き飽きしていたし、ぼろぼろの文字の方が犬の遠吠えよりはましだと思ったのだ。

旅―四　エックスの物語

新たな都市に着くとエックスはすぐに仕事を見つけ——彼はとても器用で、ドイツ・ロマン主義の講義をして生計を立てることもできるし、地下鉄のホームの掃除係でも、海運会社の速記係でも、レストランのウェイターでもできる——[1]、部屋を借りて何冊かの本を買い（エックスはあちこちの都市で同じ本を買うことになるのは仕方がないとあきらめていた）、レコードを何枚か買い（エックスはワグナーの音楽を深く愛しており、キルステン・フラグスタートが歌う「おお、沈み来たれ」を聴くことができればその日は上機嫌だったが、その盤がどの店でも簡単に見つかるようなものではないということが経験上わかった）、そしてなじみの物を二、三置くのだが、概してそれは愛着があるというだけで他には価値のないものだった。いつも同じ物を置くわけでもなかった。自分の人生は結局のところ、ほとんどすべての人間のそれと同じように、獲得と喪失の絶え間ない弁証法であるということをエックスは理解していた、私たちは往々にして愛着を抱き大切にしている物を偶然や災難や忘却のせいでなくし、ほしいと思ってもいない物を、間違いや運命によって、あるいは特に関心も持たないまま手に入れるものだと。都市から都市へと移動する中でエックスはいくつかの物を手に入れ別の物を失ってきたのだが、かつてホテルの部屋に置いてきたりその場限りの友人にあげたりして手放した物を取り戻す夢を見て、目覚めた朝にどうしてもまたそれをこの目で見たいという強い欲求を抱いている自分に驚くことがあり、そうした欲求がとても（まるで、それを取り戻せれば何かを確信したり誰かへの忠誠を示したり誰かを助けたりすることができるかのように）激しいものであることをエックスは承知しているが、それでも、川の中の魚のように時の流れに身を任せている彼にとって、物の往来やはかなさは自然に受け入れられるものだと言うこともできる。おそらくそれと同じ理由で、別の場所に住みついたときにまたいくつかの物を所有することになっても、過度なよろこびを感じることはなかった。

1．エックスが、その長くて終わることのない遍歴の間に暮らしたすべての都市ですぐに仕事を見つけたというのは正しくない。困難な時代だし、外国人であることは怪しまれやすい立場だからだ。定住型の人（農村の人や、都会に住んでいてもごくまれに休暇中や親族関係の用事があるときだけにしか旅をしない人）は、外国人であるという身分が一時的で一過性のものであると同時に交換可能であることを知らない。反対に、ある種の人間は常に外国人であり他の人はそうでないと考えがちだ。外国人は生まれながらにして外国人なのであって、後からそうなるのではない、と信じているのだ。

あるとき、エックスが生まれ故郷ではない都市の通りを歩いていると、何年か前に別の場所で出会った別の人と面白いほどよく似た女性に出くわした。もしかすると、ほんとうに似ていたというよりは錯覚であったかもしれず――旅の経験が豊富なエックスはデジャ・ヴュの感覚をよく知っている――、もしかすると、似ているという印象は幻覚や郷愁、孤独や欲望がもたらしたものだったのかもしれないが、どこからともなく生まれる感情に導かれたエックスは、その女性に歩み寄ると、細心の注意をはらいながらコーヒーに誘った。

「失礼ですが」と彼は声をかけた。女性は彼のアクセントに違和感を覚えたはずだ。「あなたをお見かけして、以前別の場所で知り合ったある女性を思い出したんです。でもあなたに責任があるなどとはお思いにならないでください。よかったらどこかに座って一緒にコーヒーでも飲みませんか?」

その女性は、興味を持ったというよりも驚いたせいでうまく断ることができなかった、男性からの誘いなどめったにないのだ。二人はアメリカ風の醜悪なバーの赤いテーブルに向かい、エックスはその場所にたちまち嫌気がさしたが、彼女が選んだ店に入りたがらないのは失礼にあたるだろうと思った。店内にはけたたましい音楽が流れ、しかもスロットマシーンだらけだった。壁には油と汗のにおいがしみつき、そこかしこにホットドッグとフライドポテトのてかてか光る写真が貼られていた。女性はバニラアイスをホイップクリームとチョコレートのトッピングつきで頼んだ。エックスは、コーヒー。

「外国の方なんですか?」女性は、まるでそれが重大なことであるかのように訊いた。エックスはうんざりした。

「いくつかの国でだけです」と彼は答えた。「おそらく、一生ずっと外国人であることはないでしょう。」

女性は少し驚いて彼を見た。

「外国人に生まれついたわけではないんです」と彼は伝えた。「これは時とともに、ぼくの意志とは関係なく身に着いた境遇です。あなただってなろうと思えばなれます、お勧めはしませんが。少なくとも完全にそうなってしまうのはやめた方がいい。」

《わたしに近づいてくる男って、三人に二人が完全に狂ってる》と女性は思った。自分はついていないと感じていた。理由はわからない。容姿が悪いわけでもないし、大学で二年間勉強したし、家族にこれといった欠点があるわけでもない。どこかで読んだのだが、人間は動物と同様、感知できないほど微量の化学物質を放出していて、それが相手を誘惑したり拒絶したりするのに強い影響を及ぼすのだそうだ。自分から出ている物質が狂った男たちをひきつけてしまうことは間違いない。しかも、世界には自由に外を歩き回っている狂人がうようよいる。きっと場所が足りないせいで全員閉じ込めておくことができないんだ。一見ふつうの生活を送っているけれど、例の化学物質が作用すると途端に隠れていた特殊な性質が出てくる人が大勢いるのだろう。比較的おとなしい人というかあまり危険でない人は自由に行動できることになっているようだけれど、アレルギー持ちの人がつける目印というかマークみたいなのをその人たちに義務づければいい。そうすれば、そういう人たちに出くわしたとき、普通の人と同じように接してしまわずに済むはずだ。

「ところで、数年前のことなのですが」とエックスは続けた。「あなたにとてもよく似た女性と知り合ったんです、無関係な比較を許していただけるなら。」

彼の話し方はひどく修辞的で、なんだか古くさかった。ひょっとして、外国人はことばの学び方が自然じゃないからこうなるんだろうかと彼女は考えた。あるいはこれも狂気の症状の一つなのかもしれない。

「何年も前のことですよ」とエックスは強調した。「ぼくはたったの六歳でした。」きっと今から、小さい頃の思い出話を全部聞かされるに違いない。頭のおかしい人には幼年期に逃げ込む傾向がある。騒ぎを起こさずに席を立ってこの場を去るには、いったいどうすればいいんだろうか？

「面白いものです。その女性は外国人だった、たぶんそのせいでぼくはその人に恋をしたんです。」「六歳で？」彼女は驚いて言った。一瞬、自分が頭のおかしい男と話しているのを忘れていた。「あれが初恋でした」とエックスはどこか誇らしげに答えた。そしてすぐに後悔した。なぜそれが誇れることなのか？「でも、重要なのは」と彼は指摘した。「相手が外国の女性だったということなんです。」

彼女にはまったくどうでもいいことに思えた。

「わかりますか？　その人は背が高くてすらりとしていて、髪は栗色で、ぼくらのことばをしゃべるのに難儀していました。六歳のぼくにとっては、その人が発音するrのふるえやzの立てる風の音が素敵なものに思われたんです。」

《完全にいかれてる。席を立って、言ってやればいいのかしら。申し訳ないけど行かなきゃいけないんです、仕事に遅刻してしまうから、とか。それともあの左側のドアから一気に逃げようか？　頭のおかしい男ってどんなリアクションをするかわからないし。》

エックスは不意にひどく憂鬱な気分になった。あまりにひどい気分で、話し続けるべきかどうかわからなくなった。

「たとえばあなたには外国人の友達が何人いますか?」

チャンスを逃してしまった。彼が黙り込んだ隙《すき》に立ち上がって、開いているドアから逃げることもできたのに。走るのは苦にならなかった。しかも、遅刻しそうなのはほんとうのことだった。

女性の沈黙は、彼の憂鬱をさらに深くした。

「このあいだ、地下鉄で年を取った女性を見かけたんです」と彼は出し抜けに語り始めた。「ぼくの向かいに座っていました。魅力的なおばあさんだったと言うべきでしょう。白髪でさわやかなほほえみの持ち主でした。とても生き生きした目でにこやかだったんです。彼女のまなざしは好奇心と優しさにあふれていて、満ち足りた心持ちのようでした。手には野菜の入った袋を持っていた。少し重そうでした。その人はにっこり笑いかけてくれたのですが、ぼくはその笑顔に完全に心を動かされました。ご存知ですか? ぼくたち移民の感情生活はとても不安定なんです。」

《やっぱり》と彼女は思った。《これから病院の話をして、入院中のこととかどうやって逃げたのかとかを話し始めるんだ。そうなったら警察を呼ばなくちゃ、面倒に巻き込まれるのはまっぴらなのに。》

「ぼくたちは感覚が過敏になるんです」とエックスは説明した。「ぼくは伯母のことを考えました。小さい頃にセーターを編んでくれたりフルーツをのせたケーキを焼いてくれたりした、なつかしい伯母です。会わなくなって何年も経ちます。だからぼくはそのおばあさんが自分の伯母であるかのような気分で見つめだしたんですが、あたたかい気持ちでいっぱいになって、とうとう涙が目にあふれてしまった。ぼくはそのおばあさんをいとおしく思っていることを示したかったんです、手助けしてあげたり一緒に階段をのぼったりスープをつくったりラジオを聴いたりしたい、夏や冬について、トマトやレタスの味について、砂糖の値段やすたれてしまった習慣について語り合いたいと思っていました。すると、信じてもらえないかもしれませんが、そのおばあさんはぼくのことをやさしく見つめ返したんです、その人にはわかっていました、何かがわかっていた、沈黙の向こう側に何かがあって、それは共犯関係とでも呼ぶことができるでしょう。共犯関係というのは人と結ぶことのできる最良の関係だと思いませんか？　喘息《ぜんそく》持ちのようにヒューヒューとやかましい音を立てる古い地下鉄の車両の中で、向かい合わせに座っていたぼくたち二人はある種の共犯関係を結んだんです、その人が少しいたずらっぽい感じでぼくにほほえみかけてくれるので（そのいたずらっぽさは袋に入ったオレンジとセロリの茎の上を飛んできました）ぼくはその人にほほえみ返し、そこには真心のこもった平和で調和のとれた小さな領域ができていました、だから降りるつもりだった駅に着いてもそこを去る気にはなれませんでした、地下鉄がぼくをどこに連れて行こうとどうでもよかったんです、半ダースの黒いイチジクと一部の隙もなくアイロンをかけたスカートの間にはレモンとカスタードタルトの香りとともにぼくの伯母がいたんですから、ぼくたちは急ぐこともなくうす暗い車内で笑顔を交わし合い、地下鉄のいやなにおいも汚いのも閉じ込められていることも苦とも思わずに乗り続けていました、そのうちにその人がリンゴを半分（小さなナイフで割って）渡してくれたので、ぼくはそれを食べたんです。」

《もしかするとこの人、おばあさんに病的な情熱を感じるタイプなのかも》と女性は考えた。《だったらわたしは大丈夫。わたしはこの人がこどもの頃に会った誰かに似ているのかもしれないけど、おばあさんに間違われるはずはないもの。》

「その人が降りたとき」とエックスは続けた。「後を追ってぼくも降りたんです。袋をお持ちしますとぼくが言うと、燦然《さんぜん》と輝く笑顔を見せてくれました。このことばわかりますか？　ぼくが何を言いたいかわかってもらえますか？」

外国人だというだけじゃなく、この人はこの国のことばを熟知していることをひけらかして、わたしに授業でもするつもりなんだ。これは彼女をいらだたせた。

「もちろんわかりますよ」と不機嫌に答えた。

「その人はぼくに袋を渡し、ぼくたちは一緒に歩いて彼女の家の戸口まで行きました。上がっていかないかと誘ってくれたんですよ。ぼくは泣きたくなってしまいました。」

《頭のおかしい人って泣くんだっけ、泣かないんだっけ？》彼女にはわからなかった。でもきっと泣くのだろう。

「上がろうとしたんですけど、やめました。もし上がってしまったら、そこからもう二度と帰りたくなくなるんじゃないかと思ったので。」

女性は彼が外を見ていることに気づいた、どうやらそのときの情景でも思い出しているようだった。その隙をついて逃げ出した。

旅―五　エックスの物語

A市[1]にエックスがやって来たのは終わらぬ旅（またの名を不断の旅、大逃亡、旅の実体《イポスタシス》）の九年目のことで、彼は動物園に職を得て（日に一度、太くて長いゴムホースをかかえてあちこちの檻《おり》を回り、掃除するのが彼の務めだった）、港のそばにある旧市街の屋根裏部屋を借りた。屋根裏部屋ということばに彼はある種のいらだちを覚えるのだが、それは一九世紀小説やアルゼンチン・タンゴ、シングルマザー、永遠の学生、皮膚の病、酔っぱらいなどを連想させるからだ。とはいえ、いくら屋根裏部屋が嫌いでも動物園の給料がたいしたものでないことは確かだった。彼が一週間で稼げる額は、同じ期間にかかるチンパンジー一頭の餌《えさ》代、あるいはデリケートな希少動物の見本ともいえる白熊一頭の世話にかかる費用よりずっと安かった。このことに関しては、他のあらゆる問題と同じように質より量が優先される。エックスと白熊の生存条件を比較すると――ちなみに白熊はとても愛想がよく、彼とも良好な関係を結んでいる――、次のことを認めざるをえない。絶滅危惧種である白熊はあらゆる配慮を受けるに値するが、エックスはヒトという種に属しており、こちらは個体数が多く捕食性の生き物で、しかも増え続けている——つまりネズミと同じである。

エックスがA市の屋根裏部屋にとりあえず置いたもの

エックスがA市にやって来たのは五月のことだった。もちろん、彼がよく知るように、南北どちらの半球なのかをつけ加えなければ、これだけでは何の意味もなさない。星の微妙なバランスが原因で、ある町が春ならば別の町は秋であり、どこかの国が戦争中なら別の国には平和な暮らしがある、という具合になっているからだ。五月のA市では栗の花が咲き、街路樹のプラタナスから放出される黄色い繊維が風に飛ばされて通行人の目に入り、あちこちにアイスクリーム売りの屋台が現れ、こどもたちは学校へ行かず、くたびれた地下鉄の耐えがたい車内には暑さと臭気が充満する。しかし動物園はにぎわいを見せ、冬眠していた動物たちが春の訪れとともに昏睡状態から目を覚まし（体はやせて毛づやが悪く、大あくびをしながら気だるそうにゆっくり伸びをする）、そして屋根裏部屋に空きが出る。空くのは授業期間が終わると地方の実家に帰る学生たちの部屋だ。

エックスは屋根裏部屋にある唯一の棚（ニス塗りの木製棚）に以下のものを置いた。

素焼きの鳩。うずくまった姿勢で、空色の体にバラ色の見事な尾を持っている。くちばしは黄色で羽が扇のように広がり、その姿を見ていると心が穏やかになるのだった。世界に満足した鳩は、ふっくらとして、どこかの場所で卵をあたためている。その小さくて穏やかな鳩を手に入れた経緯はよく覚えていないが、形が気に入っており、それを撫でては、素焼きに彩色のほどこされた表面のなめらかでひんやりした感触を楽しんでいた。

ヴェネツィアの銅板油彩画。おそらくカナレット、そうでなければヴァンヴィテッリの絵の複製だろうと思っていた。ただし断言はできなかった、彼の記憶はだいぶ前から正確さを欠くようになっており、まだ誰にも描かれたことのない絵を思い出すようなこともあったのだ。[2] 繊細な銅板に描かれていたのは――銅の色はバラ色と栗色の間でどちらとも決めがたく、ジュデッカの近くで見るヴェネツィアの夕焼けにそっくりだった――、かつては金と水晶の売買で富を蓄えた商人たちの住居であった邸宅、尖《とが》った形の小舟たち（帆のないもの）が水の入った樽を積んで運ぶ姿、それから大きめの帆掛け船が一艘《いっそう》で、たたまれた帆のゆるみ具合が絶妙だった。上質の銅板に描かれた邸宅は金色で水は緑がかった黄土色、屋根はかすかにオレンジ色を帯びており、小舟はもっと暗い色だった。

この小さくて魅惑的なヴェネツィアの絵はエックスをなぐさめてくれた。完璧に調和のとれたその風景は、邸宅の構造は、運河両岸の対称性は、実現しうる秩序の、何かを犠牲にすることなく得られる均衡の、救済にいたる調和の顕れ《マニフェスタシオン》だった。

棚の上には、とても古いホルニマンス紅茶の缶もあった。屋根裏部屋にそなえつけられた引き出しの奥に偶然見つけ、場所を変えてニス塗りの棚に置くことにしたのだ。金色の影をつけた特徴的な赤い文字の下に、黄土色の斜体文字で *Boudoir* と書かれている。しかし、エックスが気に入っていたのは絵だった。黒い蓋には、楕円形の枠の中に無名の画家が（イギリスの素描画家だろうとエックスは見ている）、窓に向かい、赤いソファに座って本を読む女性の姿を描いていた。その脇には、テーブルの一角に花とティーポットが置かれているのが見える。窓の外にはシダの葉が顔をのぞかせている。底の部分にも、別の絵が描かれていた。またもや楕円があり、その中にボンネットをかぶったショートヘアの女性がいる。赤い花の模様がまだくっきり見える快適そうなソファに、彼女は気だるげに座っており、その脇に緋色とバラ色をした二つの小さなクッションがある。カーテンは白地にライラック色のフリルがついており、ソファの後ろにはボルドーのシェードに緑の縁飾りのフロアランプが置かれている。彼女の手は口元にあり、白いティーカップを持っている。手の込んだこの絵は缶の別の面から写したものだったが、構図はほぼ同じでも細部に違いがあった。若い女性のワンピースは黒いVネックで短い袖に緑の飾り結びがついており、足元には、純白の大きなクッションがあった。

ときには、紅茶の葉と読み終えられることのない本と花壇が一緒くたになり、缶の女性たちを取り違えてしまうこともあった（実のところ、投げやりな気持ちになったり不安になったりしたときなど、エックスはその女性になってソファで紅茶を飲みながらくつろいでみたいと思ったものだった）。

エックスは缶の女性が読んでいるかもしれない本のリストを作って楽しんでいた（ジェイン・オースティンの『説き伏せられて』、ゴールドスミスの『ウェイクフィールドの牧師』、プーシキンの『大尉の娘』、それから『ヘルマンとドロテーア』、『サイラス・マーナー』）。このように彼女が読んでいる本を想像するのも好きだったが、実在する本ではなく、まだ書かれていない本を、想像されただけの本（倒錯した本）を読んでいる方がいいと思うこともある。

エックスの場合、ある都市に到着して間もないうちに買い揃《そろ》えるのはほとんどいつも同じ本だった。聖書、オデュッセイア、アエネーイス、ロビンソンクルーソー、ガリバー旅行記、ポーの短編集、カフカの審判と変身、カトゥルスのエピグラム、そしてシェイクスピアのソネット集。[3] それから古辞書を忘れてはいけない、黒い切れ込みと金色の文字と羽ペンで描いた挿絵が特徴で、彼はその辞書をめくっては鳥（たとえばオオワシ）の鉤型《かぎがた》のくちばし、ヴロツワフの紋章の不鮮明な複製画、ヤクやオリックスの角《つの》の絵などを探して楽しんでいる。

そのほか、こうした辞書に載っている地図を見て、もはや存在しない国や名称の変わった都市、昔の地誌を眺めるのも好きだった。独裁者の死や政権打倒によって長期の独裁制が終わると、目につきやすい痕跡（通りの名前や胸像や記念碑）が都市から消え、代わりに別の名前や別の記念碑が現れるように、辞書には新しいことばが登場し、別のことばは古びて姿を消し、あるいは新しい意味が加わり、そして地図も変わっていく。彼はまた架空の動物たちの絵を探すのも好きだった、人間の想像力がつくりだした、ライオンとカラスの特徴をあわせ持つ生き物や、女性と魚、鳥とヘビ、コウモリとワニが混ざった生き物。ラファエロの描いたあの美しい絵の中でマグダレナ・ストロッツィが腕に抱えている小さな一角獣もその一つだ。[4]

1．旅について話したり書いたりするときにエックスはわざと都市名を伏せているが、その意図はもちろん、過敏な反応を引き起こさないためだ。ダンテやウェルギリウスはこうした気づかいを怠ったために高い代償を払ったのであり、もっと最近の例を挙げるまでもないだろう。都市の気分は変わりやすく、昨日はこきおろしたものを今日になると褒めそやすこともある。都市の記憶力のなさと言ったらこれ見よがしなほどで、二酸化炭素が（鉛やポリウレタンの残滓《ざんし》と混ざって）都市の神経細胞を（ヘルペスウィルスのように）蝕《むしば》んでいるのだ。とはいえ、疑う余地のないことが一つある。エックスは海に面していない都市が嫌いであるということ。反対に港町には深い愛着を抱いており、港町といえばつきものの煤《すす》で黒ずんだ古い建物、壁の黒いしみ、排水溝の底にのぞく湿った新聞紙、鳥の死骸、ぐしゃぐしゃにして地面に捨てられた紙容器の残骸などもあわせて好きなのだ。エックスは自分の暮らした都市の実名を伏せておこうとしているが、私は読者の皆さんを面白い遊びに、とりわけ雨降りのベルリン（圧倒的大部分がこの天気）にうってつけの遊びにお誘いしたい。それは、この本に描かれている諸都市のほんとうの名を、しかるべき推論に基づいて当てるというものだ。（私たちの世紀は面白い遊びをほとんど創り出さなかった――戦争は遥《はる》か昔の時代からある――。これは愚鈍さと想像力の欠如の証だ。ミサイルや電子制御システムや磁気テープやマイクロコンピューターなどの精巧な付属物が新たに加わったのは確かだが、私たちの娯楽の大部分は大昔にできたものだ。）たとえばA市の手がかりは、五月に栗の花が咲きプラタナスが通行人をわずらわせるということ。パリには港がないので除外でき、プラタナスのないロンドンも同様だ。サンティアゴ・デ・コンポステーラは学生と屋根裏部屋だらけだが、海に面していない。と、こんな具合だ。

最後に、これもまた主人公の生まれた村の名を作者が言い渋った『ドン・キホーテ・デ・ラ・マンチャ』とは異なり、エックスが旅した世界中の地点を地図上でたどるのはほぼ不可能だということを指摘しておこう。他方、セルバンテスのあの作品の場合には、一度も読んだことがないのに「ドン・キホーテの道」をめぐる人がたくさんいる、旅行会社が出しているツアーの選択肢に必ずと言っていいほど入っているからだ。（ちなみにそんなツアーに参加する価値はない。道はほこりっぽくて食事は月並み、風車はかろうじて残っている程度だ。巨人なんてどこにも見あたらない。その代わりに、別の文学旅、つまりパイント氏が魅力的な恋人ロリータと一緒にたどった行程はお勧めできる。道路の状態はいいし、途中に楽しめる場所がたくさんあり、景色も変化に富んでいる。）

もし、個人的な研究の末に――勘の鋭い読者のあなたが――、エックスはオールドヨーク、メルリン、デリケートジャージー、テキサコ、オンブビーチ、プシコスアイレス、アスナポリス、メガロポリス、ソナタクロイツェル、アナグラマ、クワックワックに滞在したのであろうという結論に達したならば、見事、無国籍者証が獲得できる。税関で使うには都合の悪い代物《しろもの》だが、詩を書くにはとても役に立つだろう。

2．外国人男性が新たな都市を知る最良の方法は、あるタイプの女性を見つけて恋をすることで、祖国《パトリア》なき男、すなわち母親《マドレ》のいない男に優しくしてしまうような、そして大陸ごとに異なる肌の色素に参ってしまうような女性がいい。その女性は地図にない経路をつくってくれるだろうし、その人が話すことばを私たちは決して忘れることがないだろう。その人は私たちに秘密の橋や秘密の場所を見せてくれるだろうし、私たちを乳飲み子のように受け入れて、新しい言語の最初の一語をたどたどしく発音したり初めの数歩を踏み出したり木や鳥を見分けたりする術《すべ》を教えてくれるだろう。もっとも、最後の点についてはあまり期待しない方がいい。私たちの多くが暮らす大都市では、もう誰も植物や鳥の名前なんて知らない。そのうえ、都市にある木の大部分は、テーブルクロスと同様プラスチック製なのだ。

夢の中で、エックスは見知らぬ女たちと愛を交わしたことがあり、やりかけの宿題を終えるため幼い頃に戻るのはしばしばで、回転する山や流れを止めた川を見たり、様々な国のどれも同じような軍隊に追いかけられたり、ほんの小さなミスによって大惨事を引き起こしたり、誰も見たことのない絵を何枚も描いたりしてきた。どうやら夢の中で彼はある任務を休みなく遂行しており、彼の熱心な活動によって多くのことが支えられているようだった。昼間の生活の中であんな絵を描くことはできないだろう。それに必要とされる素質も技術もほんとうは持ち合わせていないのだから。それでも彼はそれらの絵を、特別な画廊にしまうように、記憶の中に保管しようと試みている。夢に現れる非現実の女たち、秘密の愛人たち、夜の修道院に閉じこめられて生きる女たちと同じように。夢ほどプライベートなものはなく、そのプライベートさは曖昧な属性《アトリブート》だ。

歓待の掟

あるときぼくは礼儀として　ある外国人女性に恋をした
(外国人であるという立場の逆転可能性
ぼくは彼女にとって外国人だった)
彼女のことば＝舌《レングア》はエジプトコブラのようにかみつき
ぼくのと同じではなかった
そこでぼくは礼儀として

彼女のことばを第一言語とした
愛し合う《アマールノス》のはａ《ア》の文字から始めることだった
手始めにぼくは彼女に中世の年代記を説明し
歩み寄り《アプロキシマシオン》という語をゆっくり発音した
彼女はぼくのｉ《イ》の発音や
ぼくらの海の色に驚いていた
ぼくには彼女のｓ《エセ》の発音が強すぎる気がしたし
あちらの国の通りの名には驚かされたものだった
彼女のことば《レングア》は——激しいだけでなく——
訳すのが難しかった
ぼくが対応するフレーズを探して挫折したのは
《あなたを愛してる《テ・アモ》。あなたの手が恋しい《テンゴ・ノスタルヒア・デ・トゥス・マノス》。》
目の見えない人たちのように　ぼくたちが愛し合うには
別の暗号が必要だった
言いたいことを彼女がわかってくれたかどうか　いつも確信を持てたわけではなかった
ぼくは彼女に都市をプレゼントしたかった
——長い通りを　灰色の空を——
子守唄をうたってあげたかった

彼女のさびしさをやわらげるために
新しい単語を集めて家を建ててあげたかった
音楽の扉に
秘密の印を刻んで
ぼくは恋人でありきょうだいでありたかった
いにしえの歓待の掟が
ぼくに礼儀正しく寛大であるよう仕向けた
彼女の歓待は宴《うたげ》の初めの皿や
白いシーツだった
彼女がいなくなったとき
ぼくはひどく孤独になった
ぼくのことば＝舌《レングア》はもう自分のものではなく
奇妙な単語をたどたどしく発していた
からっぽの町で
近所をうろうろ歩き
歓待の心の中に
ぼくは自分の名前を失った

3. 本のリストは他にもある。エックスがトランパの町である書店員に依頼したものだが、その店員が本を入手できたかどうかはわからない。当地の商店主たちとの関係にエックスはまったく満足しておらず、町で一軒しかない書店は粉砂糖をふったケーキのような冬のモンテカルメロ山のポストカードを並べたり、モードや星占いや日曜大工の雑誌の定期購読者を募ったり、質の悪い大麻を売ったりしており、それを買った中学生たちは緑の球をガムのようにかんでいた。リストというのは、以下のものだ。

ジョージ・ルイス・ボルヘスの『二岐の熱望の園《エル・ハルディン・デ・ロス・アンエロス・ケ・セ・ビフルカン》』。(盲目は、幼時の発話障害と同様、文学的感覚を研ぎ澄ます。事物の外見を見る能力を持たない者が記憶や想像力との間にいっそう濃密な関係を結ぶのは、話し始めるのが遅かった人には書かれたことばの方が心地よく感じられるのと似ている。エックスの母親によると、彼は三歳と少しのとき、家族や近所の人たちからおしゃべりしてごらんとしつこく促されてようやくことばを発したそうだ。最初に言ったのは「いやだ《ノー》」だった。一生口をきかないのではないかという疑念を払拭《ふっしょく》したそれを聞いて皆がよろこびの涙を流したのだが、彼はその涙を見て動揺し、人を傷つけてしまったのではないかと不安になり、罪悪感からすぐに「いいよ《シー》」と言い直した。それ以来、彼は誰かの気分を害することを怖れ、ノーと言うことに多大な困難をかかえ続けている。唯一、夢の中ではノーと言えるのだが、その直後に後悔するのだった。)

デュー・ラ・ロシェルの『鬼火《エル・フエゴ・ファトゥオ》』。(《不安になることはありますか?》と医者が彼に訊いた。《いいえ、先生》とエックスは言った。《常に不安なんです。》)

フェリスベルト・エルナンデスの『紫陽花《ラス・オルテンシアス》』。(エックスはアカシアの花が好きでたまらないが、人形は好きでもない。それにひきかえウェルキングゲトリクスがこびと女、とりわけサーカスで働くこびと女に惹《ひ》かれてしまうことは周知の事実だ。彼は陶器でできた水着姿のフィギュア二五個の奇妙なコレクションも持っているが、それは縞模様の着替え小屋や丈の長い水着の時代のもので、国境を越えた骨の折れるやりとりを何度も重ねて集めたものであり、ウェルキンゲトリクスはこのトロフィーに値をつけろと言われても決して応じないだろう、彼は趣味も性格も米ドル時代以前の人間なのだ。海水浴にやって来た二五人の女性——嫉妬深い恋人のように、彼は人形を他の誰にも見せなかった——のポーズはあまりにも無邪気すぎて、結局のところ——これはエックスの意見だが——倒錯的だった。一人の女性は、すべすべの美しい腕を長い指先までまっすぐ優美に伸ばし、存在しないのと同じぐらい遠くにある海を指していた。別の女性は、水泳帽の下で金髪の巻き毛を整えるしぐさをしている。もう一人はすらりとした脚をほんの少し前に出してボールを蹴ろうとしており、四人目は周りに注意も払わずにビキニのホックを調節している。この海水浴フィギュアに何かエロティックな興奮を覚えたりするのかとエックスがウェルキンゲトリクスに訊くと、彼は——幅の広い体躯《たいく》を持ち、切り出したばかりの木材のように背が高くてがっしりしている——怒った様子で答えた。《違うよ！　美的な、ときには形而上学的な興奮なんだ。》

アキラ・クサワタの『ある棋士の死《ラ・ムエルテ・デ・ウン・フガドール・デ・アヘドレス・チーノ》』。（ビオイ・カサーレスが偽名で書いた推理小説かと思われるかもしれないが、そうではない。エックスは生涯で一冊も推理小説を読んだことがないことを誇りにしている。ホガース・プレスの一九六九年版のカタログにはこの本に関する短い記述があり、それによればこの本は韻文で書かれた九八頁の小説で、一三世紀にティウキウ皇帝と一人の豪族との間で行われた将棋の対局を描写したものである。彼らは魂を賭けており、皇帝を負かした対戦者は皇帝の夢と記憶と野望を手に入れたが、自分自身の記憶や望みを失うこともなかった。そのようなどっちつかずの状態にあったせいで彼は気がおかしくなり（人を愛するにも殺すにも、自分がそうしているのか皇帝が命じているのかわからなくなり、また彼にはかかえ切れないほど多くのことを知るようになった）、ハラキリの儀式を行って自害したのだった。

セサル・モロの『女たちとユートピア《ムヘーレス・イ・ウトピーアス》』。（さまざまな動物たちに関する空想的記述。歌う機械、両頭《アムピス》の蛇《バイナ》、絵の中の人物たち、伝説上の怪物などで、どれも性は女だ。）

4．二世紀か三世紀の間、中世のタペストリーや有名な流派の画家たちが描いた絵の中に実在の動物（犬や猫、兎や山羊など）と並んで一角獣が現れる頻度を見ると、これは伝説や想像上の動物ではないのではないか、という疑念が生じてくる。ラファエロが、かの美しいマグダレナ・ストロッツィの凛《りん》とした静謐《せいひつ》な美しさ（ときに弱さと見なされることもある優しさや慈愛などの美徳を欠いた、まったく愛想のない美）の傍らに空想上の動物を描いたりするだろうか？　ラファエロの絵の中に一つも架空のものはない。画布の端に描かれた柱も、ゆるやかな起伏があり霧のかかった色彩の乏しいローマの耕地も、マグダレナ・ストロッツィの柔らかくて慎み深い胸にかけられた金銀細工の飾りも、実在したものだ。絵の中によけいなものは一つもなく、つややかですべすべの額やあごの遠慮がちな陰影にも空想にゆだねられた部分はない。あどけなく繊細な小さい一角獣だけが（開いた口が存分にやさしくしてほしいと言わんばかりに見える）、この絵でただ一つの非現実的な要素だということなのだろうか？　一角獣が実在した可能性は大いにあり、おそらくは婦人たちの愛玩《あいがん》動物として家で飼われていたのだろう。

さらに言えば、一五世紀のフランドルで起きた一角獣をめぐる大論争は、その足が四本か五本なのかということだけを問題にしていた。その存在を疑う者は誰ひとりいなかったのだ。

旅－六　エックスが遍歴の途上で出会った何人かの男と女

大洋を渡るイタリア船で、あるときエックスはジョセフ・Lと知り合った。ナイトスポットでピアノを弾いて生計を立てているプロの演奏家だった。エックスは「アズ・タイム・ゴーズ・バイ」を弾いてほしいと頼んだ（イングリッド・バーグマンは彼にとって二度目の恋だったが、彼女に気持ちが伝わることはなかった）のだが、ジョセフ・Lは知らないと答えた。そこで代わりに「枯葉」を弾いてくれた。実際、時の流れと枯葉の間にたいした差はないとエックスは思ったが、どう考えてもこの喩《たと》えを最初に使ったのはホメロスに違いなく、それから彼はジョセフ・Lにコニャックを一杯つき合わないかと誘いかけた。その当時、音楽家はおよそ四五歳で（よそに移り住むには厄介《やっかい》な年齢だと彼は打ち明けた）、胃潰瘍《いかいよう》の手術を受けたことがあり、原因はおそらく演奏場所に煙が充満しているためで、自分がタバコを吸わなくても他の人たちが吐き出す煙を吸う羽目になるからだと彼は考えていた。自分がよその国に適応できるものかどうか憂慮していたが、エックスは、土地はピアノと同じようなものだと言って彼をなぐさめた。やさしく弾きながら慣れていけばいいのであり、まずはアルペジオを弾くことから始めれば、そのうちに土地はいい音を響かせてくれるようになる。

数年の後に（いったい何年後のことなのか、エックスは正確に言えなかった。あまりに頻繁に移動するので時間の感覚が混乱してしまい、果てしないものに——弾力があり、伸びたり縮んだりする布地のように——思えることもあれば、収縮しきってがさがさであちこちに棘《とげ》や刃が突き出ているように思えることもあった）、エックスがジョセフ・Lに再会したとき、彼はもうピアノを弾いておらず、大勢の人が訪れる島で五つ星のホテルを経営しており、軽いタバコを吸うようになり、いくつもの言語を話せるようになっていることがわかり、そして彼はエックスにウィスキーをおごると言い張った。別れ際にジョセフ・Lはエックスに「アズ・タイム・ゴーズ・バイ」のメロディーを歌ってもらえないか、あるいは口笛でもいいと言ったが、エックスは思い出すことができず、その代わり「枯葉」は完璧に覚えていた。

別の都市のスラム街には、近くに停泊するオランダ船やフィリピン船の乗組員の気を引くための中国風提灯や色とりどりの紙飾りがたくさんあり、それが好きでエックスはその地区をよく訪れていたのだが、そこで彼は太りぎみでお人好しの男と知り合い、銃弾の傷跡で下唇が分かれているその男はある女性に恋をしており、彼女は独身で、黒い肌の娘がいた。男は小さなバーのオーナーで自らバーテンダーもつとめ、店の壁は昔の馬や騎手たちの写真で埋めつくされており、それは彼が若い頃競馬に熱中していたためだった。恋に落ちる前は、夜の一二時になると最後まで居座る常連客に店を出るよう促していたものだったが、ある夕方、その女性がバーにやって来て（鉄の脚に大理石の丸テーブルのうち窓際にあるものに座った）、まずはすべすべの黒い肌の娘を見つめ、それから店主を見ると、驚きながらも丁重にもてなそうと近づいた彼にコカコーラ一つとグラスを二つお願いしますと頼んでからというもの、バーは店じまいをしなくなった。女性と少女が眠たそうに疲れ切ってまた姿を現すのではないかと期待して、夜通し開けておいたのだ。（いずれにせよ、と彼は言うのだった。私は不眠症ですし、それに彼女たちがまた来たときにバーが閉まっているのはいやなんです。夜の街にぴかぴかの広告がたくさんあるのに家の戸もバーの入口もぴったり閉められて不穏な空気が漂っていることほどいやなものはありません。）実際、女性は何度も現れ、いつも黒い肌の娘と一緒だったので、彼はイチゴのキャンディーやこどもの頃から首にかけていた金のメダル、コーヒー豆の空き缶に貯めていた古いコイン、それから物語の本を少女にプレゼントした。失礼かもしれないと思って女性には何もあげなかったのだが、その代わりに、二人で世間話をした。（太った男は二人の会話をそのように定義した。エックスは、世間話というのはどんな話をするのかちょっと訊いてみてもかまわないだろうと思った。男は身構えることもなくエックスを見て答えた。孤独とか人生とか死とか、油やガソリンの値段、小学校とかこどもの病気についての話だよ。）

その都市を再び訪れたとき、エックスは例のバーを探し、そして見つけた。心強く思った。ある都市に戻ったときに、自分のいない間に多くのことが変わってしまったのを知るのはつらいことだ。そんなときには、なんだか裏切られたような侮辱を受けたような感じがした。しかしそのバーはあった、同じ場所にあって一日中開いており（治らない不眠症もあるものだ）、太った男は相変わらず客を丁重に、しかしいくらかの距離を置いてもてなしていた。男はエックスのことがわかり、エックスは少し待ってから、あの女性と少女のことを訊いた。バーの主人は咳《せき》をして（昨日の晩に少し風邪を引いたようだと彼は言った、カウンターの奥でお金の計算をしたりボトルを拭いたりしながら寝ずに過ごしたらしい)、それから、あの人は店に来るといつものテーブルに座り、コカコーラ一つとグラスを二つ頼んでしばらく世間話をしていくのだと言った。物語にはまったく進展がなかったが、男とエックスはそれこそがある種の物語の核心だということで意見が一致した。それというのはつまり、変わらないこと、そのままであること、頑丈な砦《とりで》のように、灯台のように、城塞のように、時の流れによる劣化という抗しがたい力に立ち向かうことだ。

旅―七　エックスと夢

不愉快な気分で目覚めることがあるのは、どうやら夢の中で啓示を受けたらしいことにぼんやりと気づいているためだ。あまりに強烈で背負いきれず、いっそのこと忘れてしまいたくなった類の啓示。あらゆる啓示と同じく、夢の中のそれも、理解する能力がないような、しかも忠実に従うことのできないようなあどけない男や女に与えられる。夢を見ているときの人間は常にあどけない存在であり、行動力が低く判断力に欠けている。そのため、啓示を忘れるか無視してしまうしかないのだ。

自分は夢で与えられた秘密の教えを裏切っているのだという罪悪感が、あなたを不機嫌にさせる。使徒ペトロ、すなわち、もとの素朴な人生には不釣り合いな啓示を背負いこんだ、あのヘブライの漁夫と同じように。

眠っている間、私たちは誰もが素朴な漁夫だ、啓示の光が射して知恵の道に立たされるまでは。道はそこにあると夢は言う、これが道標《みちしるべ》だと。その崇高さを私たちは目覚めとともに放棄する。漁に出るため、家の仕事をするため、怠惰ゆえに、あきらめたからなどと、何らかの口実を見つけて。

ペトロのことを考えながら、私たちは状況を受け入れる。

ときおり、エックスはとても奇妙な川で釣りをする夢を見る。水は透明で、どこからでも魚の泳ぐ姿が見える。しかも、エックスは水に潜ることができるし、泳ぐ必要もなく濡れることも窒息することもなく水中に長くいることができ、まるで周りにあるのは空気みたいだ。こうした喩えは、夢の中では思いつかない。夢には固有の現実があり、喩えなど必要ないからだ。覚醒時の曖昧さの中でのみ、現実という捉えどころのない画布を固定しようと、私たちは喩えを思いつく。夢にはとても強い確信があるので、比喩は必要とされない（夢ほど修辞と縁遠いものはない）のだ。エックスが夢の中で持ち運ばなければならない釣り道具は珍妙で使い勝手が悪い。にもかかわらず、その夢の中で彼はよろこびを感じるのだった。水は透明で重さがないために、大小のおびただしい数の魚が見えるだけでなく、貝類や甲殻類、その他あらゆる海洋生物がなんとも魅力的にきらめいており、また海藻も見える。くりかえし見る夢なので、浜辺の果てには背の高い石造りの家があり海に面したバルコニーがついていることも、大潮の日になると道が水浸しになり、彼は泳ぎができないのに波が押し寄せて来てなかなかその家にたどりつけないこともすべて知っている。道具が扱いづらいせいで釣りを終えるにはいつも時間がかかり、家に向かう頃には潮が満ちているので、大変な危険を冒してはらはらしながら歩くことになる。そして必ず、水がバルコニーまで達しているのを目撃し、波に襲われて壁際に追い込まれる。振り返ると海岸はすっかり海に飲み込まれており、もう戻ることはできない。前に進もうとしても、水に阻《はば》まれて動けない。足が立つ唯一の場所（壁沿いの石のへり）の水はとても青くて密度が濃い。これほどの窮地に立たされた上に、今度は装備や釣り道具がずっしり重たくなってくるが、岩にはさまって降ろすこともできない。

ところが目が覚めたときには、散歩と釣りを楽しんできたように感じるのだ。よろこびの印象があまりに強いので、ほんとうは釣りではなく別の何かの夢なのではないかと彼は疑っている。

旅ー八　狂人の船

絵の中で、狂人の船はすでに航海を始めている。船上の男たちは完璧に糊《のり》のきいた上着を着て堅い襟をつけ、白い手袋にエナメルの靴という盛装だ。そこでの祝賀式のことを考えているのかもしれない。彼らはパーティー用のよそおいに身を包み、晴れがましい場につきものの厳《おごそ》かでいくらかこわばった面持ちで船に乗り込んだのだ。遠くには、海の上にいくつかの光が見える。

伝説によれば、漕《こ》ぎ手たちは沖合まで船を出したらしい。海が深くなり船が海流に揺さぶられるあたりまで達すると、船乗りたちは小舟を静かに下ろして船の脇につけ、それに乗り込み、狂人たちを運命の手にゆだねて自分たちだけ陸へ戻って行くのだった。狂人たちはこの策略にぼんやりとしか気づかない。海に置き去りにされては困ると抗議されても、船員が自分たちは食糧の補給や飲み水の調達、あるいは船の修理のためにほんの短い間船を離れるだけだと言えば、たやすく説得できた。鉄のような規律が課されていたためか、海の揺れに魅せられて狂人たちがおとなしくなるのか、船で反乱が起きたという記録はない。こうした航海の記録を書きとめた数少ない人物の一人であるアルテミウス・グートレームは、次のような逸話を語っている。(アルテミウスは一六世紀半ばのかなり有名な航海士だった。ところが博打《ばくち》好きの彼は借金を重ねてラインラントの牢に投獄され、劣悪な環境での囚人暮らしに嫌気がさすと禁固刑を漕刑に替えて件《くだん》の船に乗ることに同意し、偽名を使って遠征隊を率いることになった。この人物が残した唯一の本(題は『航海術』)によれば、刑期を終えるまでに彼は狂人船の航海を三度行った。その語りは詳しいものではない。それらの出来事を思い出したくなかったのか、あるいは水深や喫水《きっすい》、竜骨《りゅうこつ》の大きさ、帆の特徴、航路の危険や不安など、航海の技術的な細部の方に注意が向いていたのかもしれない。)

一五八三年、フランドルのとある港を出てからルーヴェンの近くに着くまで、航海は予定どおり順調に進んでいた。船は三六名の狂人を乗せていた。大半はラインラント諸都市の出身で、二二名が男性、一〇名が女性、残りの四名はほとんど若者に近いこどもだった。船にはその他にアルテミウスと八名の乗組員が乗っており、それは牢に閉じ込められているよりも狂人たちと船に乗る方がいいとザクセン地方のあちこちの牢獄からやって来た者たちだった。食糧も水も尽きかけていたが、アルテミウスは何ら心配するそぶりを見せなかった。船の脇に小舟を降ろして自分と八人の船員が無事に岸へと向かう瞬間が、もう間近に迫っていたのだ。しかし、グラウクス・トーレンデル、とアルテミウスが仮に名づけたらしい狂人は、航海が始まった当初から不安げな様子だった。アルテミウス自身の表現によれば、海の揺れ(興味深いことに、彼はそれをベルセオと呼んだり、メセオやメシミエントと言ったりしていた)は狂人たちに対して催眠術のような効果を持っており、彼らの多くが顔を水面に近づけんばかりにじっと海を見つめ、船から落ちそうになったり、あるいは実際に落ちてしまい、それでも誰も声を上げたりわざわざ助けたりする人はいない、というような事態が生じたものだったが、グラウクス・トーレンデルの場合は催眠現象が起きず、むしろ波が揺れると落ち着きを失うのだった。この違いの原因はグラウクスがふつうの狂人でないことにあるとアルテミウスは考えていた。グラウクスは極端なまでに頭脳明晰で、勘が働き、観察眼に優れており、秩序を重んじる態度や責任感のために当初から目立つ存在だった。船の航行に関心を持ち、操縦の指令や操作の初歩を誰の助けも借りずに覚えただけでなく、食糧の支給や水の配分、そして塩の割り当て係を引き受けていた。アルテミウスはグラウクスがすばらしい監督係であり、彼の助けが不可欠であることを認めていたが、それというのも船の乗組員たちは誰も規律を守らず、どうしようもない酔っ払いの喧嘩《けんか》好きばかりであるためだった。あらゆる点から見て、アルテミウスとグラウクスはある程度親しかったのだろう、つまり、二人の間にはなかば狂っているが正気に見える男となかば正常だが狂人じみた男が結べる程度の友情があったのだろうと推測される。アルテミウスの語りから察するに、彼とグラウクスは頻繁《ひんぱん》にことばを交わしていたわけではなく、彼らの友情は沈黙のうちに、共同の作業を通じて育まれていったようだ。記録によると、他の狂人たちが錯乱して恍惚状態に陥《おちい》ったり、自分たちを待ち受ける運命にはちっとも気づかず空想にふけったりしている中で、ただ一人グラウクスだけが明晰さを保っているようだった。グラウクスが示す唯一の症状はおそらく、極度の不眠症だった。そのため、船上の誰もが（操舵手《そうだしゅ》を除いて）眠っているときでも、彼は起きていた。グラウクスは一晩たりとも眠らなかった、疲れた様子も見せず昼間に眠ることもなかった、とアルテミウスは記している。他の者たちが船のベルセオに魅せられて——というのが航海士の使った表現だ——深い催眠状態に入っているのか、あるいは狂気の発作を起こしているのか、とにかくどこか別の場所にいるのだと思い込んでわめき立てたり奇異な会話や独り言に興じたりしていたのに対し、グラウクスは船の針路をじっと監視し、食糧の配分を手がけ、盗みを防ぎ、星々の位置に注意を払っていた。グラウクスはその奇妙な、象徴的な船の行先《デスティーノ》に疑念を抱いていたのだろうか？　とにかく、決められた日がやって来た。乗組員が船を降りて小舟で陸地をめざし、狂人たちを食糧も水もほとんどない状態で沖合を漂《ただよ》う運命《デスティーノ》にゆだねる日だ。

　アルテミウスは前々から、気に入りの旅仲間、つまりグラウクスがその晩も目を覚ましており、当初から彼を苛《さいな》んでいる焦燥感に駆られて、乗組員たちが船を去ることに反対する可能性について考えていた。その場合に備えて、馬をも眠らせる強力な睡眠薬（インドの薬草でつくられたもの）を用意していたのだ。ところが、着衣のどこを探しても、窮地を救う薬の小瓶は見つからなかった。船室に戻っても見つからない。アルテミウスはあわてた、予期せぬことに、あてにしていた秘策を突然失ってしまったのだ。そのため彼自身も狂乱状態に陥り、グラウクスを乗組員と一緒に船から降ろそうかとも考えたが、囚人連中は従順さとは無縁で慈悲の心をほとんど持ち合わせていないので反応を想像すると怖くなった、と書いている。しかも自身はまだ刑期が終わっておらず、こんなことが露見したらあれほど恐れていた牢獄に連れ戻されかねなかった。

　船を降りるそのときが来ると、アルテミウスはいつもの夜と変わらず、グラウクスを除いて、すべての狂人たちが眠っていることを確認した。グラウクスは一見落ち着いているようだったが実は警戒しており、樽に座って船長の一挙一動をじっと見ていた。下弦の月の黄色い光が荒海を照らし、ときおり低い雲が、逃げていく鳥の影のように月を横切った、とアルテミウスは記している。

乗組員たちはもう我慢ができず、自分たちを陸地へ連れ戻してくれる小舟を海面に降ろし始めていた。困り果てたアルテミウスは、グラウクスの不安を和らげるために声をかけ、何かしら説明をしてから立ち去ろうと考えて近くに歩み寄り、グラウクスにも確かに狂気の部分があるはずだと信じながら、自分と他の乗組員は一番近い陸地まで小舟で行くことに決めた、もう食糧も水も足りなくなってしまったので必要物資の補給に行くのだと説明し、グラウクスには航海の間に身につけた知識があるので船の操縦をすべて任せると伝えた。航路が変わらないよう大きな円を描くようにゆっくり操縦してほしい、自分と仲間は乾パンや塩漬け肉やバターやチーズを積んでなるべく早く戻って来るから、と。アルテミウスの記述によれば、グラウクスはぞっとするような目で彼を見やり、その暗く憂鬱なまなざしを向けられた途端に背筋が寒くなり、最後の方はつぶやくことしかできなかったという。

その説明が終わりかけた頃、身の毛もよだつ叫び声とほぼ同時に悪態や呪詛《じゅそ》のことばを一斉に怒鳴る乗組員たちの声が聞こえ、アルテミウスは飛び上がった。船から降ろした小舟が、海面に達するや否や沈没してしまったのだった。

この話の結末をアルテミウスは次のようにまとめている。陸に戻るための小舟を失い食糧も水も尽きてしまった彼らは船を海岸近くまで戻すしかなくなり、数日間の航海の末にようやくそれを達成した。しかし腹をすかせた狂人たちの落ち着きのなさは危険を感じさせるほどになっており、事故に絶望した乗組員たちは以前にも増して狭量になっていた。アルテミウスの反対にもかかわらず数人の狂人が乗組員によって海に投げこまれ、グラウクスはそのようすをじっと見つめながら一言も発しなかった。海岸までである程度の距離に近づいたところで、アルテミウスは全員海に飛び込んで岸に向かって泳ぐよう命じた。狂人は海を怖がって飛びこまないはずであることはよくわかっていたし、仮に恐怖心を克服して飛び込んだとしても、経験も根気もない彼らが岸にたどりつくのは難しいだろうということも知っていた。

思ったとおりだった。命令の意味がわからなかったのか、あるいは夢想にどっぷりつかっておりその夢の中には海岸や岸辺という概念はおろか死の概念すらないためなのか、狂人たちは誰も海に飛び込まなかった。ただ一人、グラウクスを除いては。彼は八人の乗組員とアルテミウスの後に続いて飛び込み、まもなく航海士はグラウクスが黄色い月光の下で白い泡に包まれて溺れていくのを見た。遠くでは、狂人たちの船があてもなく海を漂っていた。

（無名の画家は、狂人たちを載せた船がフランドルの港を出る場面を描いている。海岸沿いの小道には、一張羅《いっちょうら》に身を包んだ紳士や貴婦人がその見世物を眺めようと集まっている。貴婦人たちは日傘をさし、紳士たちは銀の柄のステッキを持っている。女性たちは屈託のないようすで、男性たちはたいへん洗練されて見える。皆が立ったままでしゃべったり船を見たりしている。その画家は船よりも大勢の見物客の光景に注目していた。エックスは船上にグラウクスの夢想する目やアルテミウスの横顔をむなしく探した。）

都市から都市への絶え間ない移動の中でエックスが最も不愉快なのは、犬を飼えないということだ。一匹ぐらいなら飼えるかもしれないとも思うが、捨てたくはないし、犬を連れての移動や引っ越しは高くつく。しかも、これほど不安定な生活を犬が気に入るかどうか自信がなかった。犬は家庭と決まり切った日常を好む従順な動物だ。同じ理由で、エックスは植物も妻（家庭と決まり切った日常を好む動物）も持つことができない。

旅－九　セメント工場

ウェルキンゲトリクスは寒さの厳しい八月の朝に姿を消した。気温は低かったのに彼が寒さへの備えも旅の支度も一切していなかったのは、意図せざる出立《しゅったつ》というものが存在し、時間や空間に関する私たちの無邪気な想定の不意をつくからだ。そのような場合、行方不明《デサパレセール》になることは能動的な行為ではなく受動的なものになる。ウェルキンゲトリクスはその出来事について語った数少ない機会に、ぼくたちは行方不明にされたと言っていた。旅の準備をする暇もなければ、友人たちに別れを告げることも、用心深く扉や窓を閉めた隣人たちにあいさつすることもできなかったのだが、それは行方不明になるというのが、完全武装した七人の男たち（そのうち二人はガムをかんでいた）に毛布をかぶせられ目にはテープを貼られて力ずくで連れ去られることだったからだ。できることなら、服の洗濯を頼んでいたとなりの女性や土曜の競馬《カレーラ》に出る馬たちの名前を囁《ささや》いてくれる角の新聞スタンドの店主に別れのあいさつをしたかったが、もう自分が別の軌道《カレーラ》に乗っていることは間違いなく、となりの女性は怯《おび》えて衣装戸棚の後ろに身を隠し、新聞売りは「君の髪の中のダニ」を口笛でかすかに吹きながら別の方を向き、その間にウェルキングゲトリクスはナンバープレートのない青い車に力ずくで押し込まれていたのだ。その車種は町ではよく知られたものだった。（それが一台でもやって来ると巨大な肉食恐竜でも現れたかのように大通りからも細い路地からもたちまち人がいなくなるほどで、男も女も逃げ出し窓や戸は閉められ、一瞬にして、階段や木の根や道路の舗装を踏みつける恐竜の獰猛《どうもう》で威圧的な息づかいの他には何の物音も聞こえなくなった。）

　両腕を後ろ手に縛られて恐竜の長い放尿をその手に浴びながら、彼は二つのことを嘆いていた。一つは青いカナリアがひとりぼっちになることで、ブドウ棚の中庭にある慎ましい一人部屋はまず占拠された屋敷《カサ・トマーダ》になり次いで伝染病患者の洞穴と化して、誰もカナリアに餌をやりに来てはくれないだろうと予想がつき、二つ目はサーカス団の初日公演を見逃すことで、彼らは数日前に町にやって来て、イギリス統治時代に建てられた駅の脇にある空き地にテントを張っていたのだ。その日、ウェルキングゲトリクスは興味《きょうみ》津々《しんしん》でサーカスのテントや虎とライオンの檻を見ようとして近づくと（今となっては、それが行方不明になる前日のことだと彼は知っている。後に起きる出来事によって、それ以前に起きた何でもないような出来事に特別な意味が与えられるのは実に奇妙だった）、疲れて地面に伸びたトカゲのような電気ケーブルの間を縫って歩き、電飾が餌を待ち受ける鳥のように並んでゆっくりと高みに揚げられていくのを眺め、そして初日の公演を見逃すまいと入場券を一枚買った。その背後では拡声器が、双子の曲芸師の宙返りや、象の大きな耳と独特の肌に囲まれると何とも弱く見える象使いの女王、肩の上に一五人の人間ピラミッドを載せられるロシアの巨人、ハンカチを雌鶏に変えることのできる（卵も忘れない）魔術師などの宣伝をし、機敏な身のこなしで力は強いが少女のように小さい金髪のこびと女が猿の頭の上で踊りながら甘い声でゆったりと懐かしい童謡を歌います、と予告していた。

サーカス団は、ポスターの謳《うた》い文句によれば《アフリカ、中国、日本、オスロ、リオ・デ・ジャネイロの各地で大成功を収めた後に》この町にやって来たらしいが、ウェルキングゲトリクスの見たところ動物たちはくたびれていて電飾はまばらでテントはよれよれになっており、彼らの到着した朝は灰色で風が吹き荒れ、あまり幸先《さいさき》のいい感じはしなかった。その後、仮装した男たち（一人は中国人、もう一人は説教師）の姿を見かけたが、彼らは町の目抜き通りでサーカス公演の宣伝をし、大きな角笛を鳴らしながら紙テープを端から端へ投げていた。

ウェルキングゲトリクスがサーカスの初日公演を見ることはなかった。その後の公演も。翌朝、ナンバープレートはついていないが車種でそれとわかる車の、通りかかるだけで町中をパニックに陥《おとしい》れ人影をなくすあの車の後部座席に押し込まれて、行方不明にされたからだ。彼は青いカナリアがおなかをすかせて死んでしまうだろうと考え、それから、少女みたいに小さいが機敏で強いこびと女のことを、猿の頭の上で踊りながら甘い声でゆったりと懐かしい童謡を歌うあの女のことを考えた。

前の日の午後、彼女の姿を見かけていたのだ。サーカスの近所のカフェで、彼女はテーブルの上に立ち、紅茶はぬるいしケーキは酸っぱい味がすると文句を言っていた。白い水玉の靴下に覆われた華奢《きゃしゃ》で短い脚が激しい怒りをこめてテーブルを踏みつけていたが、店員はこびと女の癇癪《かんしゃく》を面白がって紅茶もケーキも下げず、この挑発行為のために彼女はいっそう腹を立てていた。金色の髪には銀の星が一つとめてあり、頬は怒りと頬紅で燃えるように赤かった。彼女が白い薄絹のワンピースを着ていたので、ウェルキングゲトリクスはあるフィギュアの白いワンピースとバレリーナのとんでもなく小さなバラ色のサンダルを思い出した。ウェルキンゲトリクスにはこれほど背の低い女性がこんなにも巨大な怒りを抱くことができるのが興味深く、生クリームとイチゴのケーキがこびと女の足よりも大きいのも気になった。店員が女をからかって怒りを助長するばかりで苦情に応じようとしないことに腹が立ったので割って入ったが、まったく報われないことに、テーブルの上のこびと女はすばやく姿勢を変えるとウェルキンゲトリクスの方に顔を向けて無愛想に言った。

「これはあたしの問題だよ。自分の面倒ぐらい自分で見られるさ。」

　それからこびと女は、彼女の小さな手の中では巨大に見えるフォークとナイフでテーブルをつつき始め、床に唾を吐き、コップの中身をわざとテーブルにぶちまけたが、この好戦的なふるまいには店員の笑みを凍りつかせるのに十分な力があった。慌てた店員がテーブルを拭こうと歩み寄ると、彼女はその隙を利用して、こどものように小さいけれど尖った爪で彼をひっかこうとした。

　あの車が町を猛スピードで走り抜け、核攻撃の警報が出たかのように人影が消え、まばらな通行人が建物入口のアーチの下や曲がり角の影に身を隠そうと走る間、ウェルキンゲトリクスはもう見ることのできないであろうサーカスの公演とあのこびと女のことを考えていた。

　それから二年の間（仮に普通の時計で時を計ることにまだ意味があったとすればの数字だ。彼にはそれが一〇年に思えたし、彼の近くで死ぬほど苦しんでいたある人物は二〇年だと信じていた）、彼は町から遠く離れた場所にある行方不明者《デサパレシードス》の収容所で過ごしたが、それは植生のない、表面のなめらかな岩石の山とセメント工場の間にあり、工場から出る粉塵《ふんじん》が彼らの寝起きする小屋とその周りに生えているまばらな木々を覆い尽くしてしまうのだった。

それは異様な村で、亡霊の住処《すみか》のようだった。外部に通じるいかなる道路や通り道からも隔絶されており、あらゆるものにまとわりつくセメントの粉塵で緑に染まっていた。そこにある巨大な配管、作業台、回転する機械、そして黄色い孤独の中にそびえる煙突は、粉塵にまみれ関節炎にかかって動かなくなった人形のようであり、滅びた文明が遺したカビだらけのガラクタみたいだった。そのセメント工場が彼らの到着する前からあったのか、それともその後で、つまり行方不明者の最初の数人がそこに移送されたときにつくられたのか、ウェルキンゲトリクスは知らなかった。以前からあったのだとすれば、おそらく一度は操業を停止しており、彼らが着いた後に再開したのだろう。そこにセメント工場があり、粉塵が木々を異様な灰色の姿にし服や目を黄色い粉まみれにし山肌を覆い尽くして張りぼてのようにしていることは、誰にも知られていなかった。行方不明者がその場所にいて、忘却の塵《ちり》と死の塵の間にとらわれ、町が気づかずに眠っている間も巣穴の奥の蟻たちのように黙々と働き続けていたことも、誰にも知られていなかった。

セメント工場は通過地点だった。行方不明者たちは数週間か数か月の間そこに留まるのだが、その後再び移送される。ウェルキンゲトリクスはそれが最後の、決定的な旅になることを知っていた。彼らは町に（青いカナリアのもとに、サーカス団の金髪のこびと女のもとに）戻るために連れ出されるのではなく、飛行機から海の底へ投げ落とされるか（《ヴァレリーが想像もしなかったような意味合いだ》とエックスは思った）、あるいは、郊外のどこかで秘密裏につくられた急ごしらえの集団墓地にたどりつくことになるのだった。死の始まりはすぐそこに、セメントの粉塵の大波の中にあるように思われ、塵まみれの彼らはもはや彫像か死体にでもなったかのようだった。粉塵が目や鼻や口に一度入ってしまうといくら取り除こうとしても無駄であり、体が徐々に緑や黄色に染まっていき、しまいには誰が誰だかわからない亡霊の集団と化し、血と砂の混じった唾を吐き、胆汁と粉塵を嘔吐し、殴られるたびに崩れ落ち、骨までセメント色になってしまう。ウェルキンゲトリクスがとても奇妙だと感じたのは、その場所で亡霊の集団が塵まみれになり、その山の麓《ふもと》で緑の骸骨になっていく間も、外では人々の生活が続いているということだった。《ぼくたちは行方不明になった》と彼は考えていた。《それでも今日サーカスの公演が行われるだろう、セメント工場から遠く離れたあの場所であの双子は曲芸をするだろう、虎たちは炎の輪をくぐり、こびと女は猿の頭上で踊り、こどもたちは学校に行き、女たちは出産し、新聞は背番号一〇番のフォワードの国民的スターが決めたゴールを詳細に解説し、彼は再び「ボールの魔術師」と呼ばれるだろう。このことを知らないままで、この亡霊の村や弱々しい灰色の木々のことをまったく知らず、咳と出血と電極と麻痺の間でやせ衰えていく奇妙な住人たちのことを知らないままで。》

　命じられた仕事をしている間、ウェルキンゲトリクスは自分の頑丈な体の中で、皮膚から入り込んだ粉塵が組織に居座っているにもかかわらずまだ軽快に動く筋肉の中で、依然として明晰な意識の中で、遠く離れていて互いの存在を知らない完璧にパラレルな二つの世界があるように感じていた、独立した自律的な二つの世界、それぞれに自足し外部とまったく接触を持たずに機能している二つの世界、宇宙の青い沈黙の中で永遠に回り続ける二つの球体のような二つの世界が。彼が兵士の命令を受けてある場所から別の場所へ大きな石を運び、その直後に同じ兵士から（ウェルキンゲトリクスはセメントの粉塵で目が見えなくなっており、睫毛《まつげ》は黄ばみ、唇はひび割れていた）元のところへ戻すよう命じられるためだけにその作業をしている間[1]に、映画館に行く人たちがいたことは間違いない。映画館に行く人がいる一方で工場に向かう人がおり、女たちが食事の支度や読書をしていてオフィスには時計があり会社員がいるのに、男や女がある日突然町から姿を消し、からっぽの家では犬が孤独を反芻《はんすう》し、朝食の牛乳を温めるコンロが火のついたまま置き去りにされ、その間にもセメントの粉塵が彼らの息を詰まらせ、衰弱させ、意識を朦朧《もうろう》とさせていた（《ブリューゲルのあの絵のようだ》とエックスは言った。その都市は高層の塔になっていて別の階のことは何も知らない。階ごとに独立した生活が展開しており、別の階があるなどと疑ってみることもない。各階には固有の生活リズムや習慣や法律や規範があり、それは伝えることのできない、平行線上にある、秘密のものだった——下は拷問や暴行や殺人のための階、上は映画やサッカーの試合や学校のための階——）。ウェルキンゲトリクスは考えた。頭がおかしくならないようにするには、二つの階があることを忘れた方がいい、単一言語のことは忘れ、バベルを受け入れた方がいい。

ウェルキンゲトリクスは生き延びることができたが、それは収容所の警備兵に料理の才能を買われたことと、粉塵を二年間吸い続けても持ち堪《こた》えた超人的な肺、青カビを濾過《ろか》する鋼の網のような肺のおかげだった。

二年後に数少ない瀕死の生存者たちと一緒に解放されたとき、彼はキリストが命を捧げたときの年齢に達していたが、あの場所の環境が皮膚の健康によくなかったせいでもっと年を取っているように見えた。

ウェルキンゲトリクスは解放されると真っ先に、サーカス団がよくテントを張っていた空き地へ向かった。こびと女と髪につけた星が見たかったのだ。彼が行方不明になっていた二年の間に、町には様々な変化があり、聞くところによると、サーカスは北米巡業の最中で、今回この町には来ないだろうということだった。ウェルキンゲトリクスはサーカス団に葉書を書いて公演が行われるはずの大都市に送ってみた。しかし思いがけないときに現れたり消えたりするものにはうんざりだったし、町にいても心穏やかではいられなかった。夜になるとセメント工場を思い出し、考えてしまうのだ。自分が世間から隔絶され、あの亡霊の村で、トラックが新たな囚人を運んできては緑の塵にまみれたぞっとする積荷を載せて去っていくのを見ながら暮らしていたのと同じように、今ここで自分がベッドに寝転んで皆の命を少しずつ奪っていった黄色い工場のことを思い出しながらタバコを吸っている間にも、この狭いベッドと緑のカナリアから（青いのは思ったとおり飢え死にしてしまった）それほど離れていないどこか別の場所に、もう一つの収容所が、もう一つの地獄があるのかもしれず、そこにいる亡霊たちは暴力的な死を迎え、何の痕跡も残せないのかもしれない、最期は海に投げ落とされるか共同墓地に埋められるかで名前も記録も残らないからだ。この疑念のせいで、彼は暮らしていられなかった。

ある日、彼は以前見逃したサーカス団がバイーア・ブランカに到着したことを知り、それはこどものころに一度、父親の出張について行ったことのある町だったので、ここから逃げるのにちょうどいい機会だと思った。出て行かなければ行く末は目に見えていた、何かしら因縁《いんねん》をつけられて再び標的にされ、鉄やセメントの粉塵で肺をやられることになるか、自分でなければ他の誰かが同じ目に遭い、その間も人々の暮らしは見たところ普通のリズムを保ち、レストランで食事をする人や映画に行く人がいて、誕生日のパーティーがあり、こどもの洗礼式が執り行われ、学校では授業があり、ぜんまい仕掛けの人形のような時代錯誤で堅苦しい将官たちが、祖国の旗の下でスポットライトを浴びながら仰々しく演説をぶっていることだろう。

1．ウェルキンゲトリクスは、将官や兵士たちには暴力をふるいやすい傾向があるだけでなく、詩や物語を書きたがる傾向もあることに気づいた。生存者たちは中庭に集合するようたびたび命じられ、司令官は感極まって声を震わせ目をうるませながら、セメントの粉塵で覆われた収容所の孤独の中で書いた詩を読んで聞かせるのだった。拍手は義務であり、熱心に拍手しない者や形ばかりの拍手をする者は処罰された。詩のテーマは、祖国愛、国旗の美しさ、軍隊の栄誉、「疑わしき敵たち」との激戦、太陽、軍の任務、公序良俗、キリスト教精神などだった。

あるとき司令官がすばらしく斬新《ざんしん》なことを始めた。感極まりながら朗読を終えた後、囚人の中で大学の学位のある者に（該当者は何人もいた）その詩の優れた点を褒め称えるよう命じたのだ。司令官や将官たちは、自分の書いた詩が分析されその美点が並べ立てられるのを聞くといたく感激して泣き出すこともしばしばだった。文学愛好者の裾野《すその》はさらに広がり、軍はまもなく、体制に奉仕する勇者たちの書いた詩を刊行する小さな出版局を立ち上げた。誰もそれらの本を買わなかったので、国内で発行される新聞の日曜版に軍人詩セレクションの掲載が義務づけられ、その結果、新聞の売り上げは目に見えて減少した。

ウェルキンゲトリクスの回想によれば、合唱隊のいるカンタータ式になっている詩もあり、それには囚人たちの参加が必要だった。そういうわけで、収容所の軍事教練の教官、ミゲル・エチャニス中尉の書いた詩を皆が暗誦しなければならなかった。こんな詩だ。
《おまえたちは何者だ?》
《囚人です》(と合唱隊が答える)
《囚人は何をする?》
《服従します》
《我々は何者だ?》
《兵士です》
《兵士は何をする?》
《殺します》
《兵士は誰を殺す?》
《祖国の敵を》

テキストを賞賛する段になると、フリオ・カストロ先生は(その尊い白髪は蚤《のみ》だらけだった)詩の対称性を讃えた。音楽家である別の囚人は、その対称性は聖書に用いられた同義対句法という手法だと言った。ある女性教師は、抒情性(哲学を学ぶ金髪の女子学生によれば、ゲルマンのサーガから受け継いだ最も高貴な遺産)と全体の調和を賞賛した。そのとき以来、この詩を日に一度唱えるという決まりができた。

ウェルキンゲトリクスは、収容所の入り口に看板があり、そこには「健全な肉体は健全な精神に宿る」と大きな活字で書かれていたと指摘している。セメント工場の黄色い粉塵はまばらに生えた木や囚人たちがつながれていた木製の作業台を覆いつくし、看板の文字も隠してしまう。一人の行方不明女性《デサパレシーダ》が看板の掃除を命じられていた。塵がまたすぐに広がるのを食い止めることはできず、彼女はそこから一歩も動くことができなかった。看板の文字は絶えず粉塵で覆い隠されてしまうのだった。

旅一一〇　都会の暮らし

エックスは広場の近く、大聖堂の正面にあるベンチに座っている。一方ウェルキンゲトリクスは立ったままファサードを眺めている。彼の好みからすると少し過剰な様式だった。比較的若い外国人で（とはいえ観光客ではなく）お金のない者にふさわしく、彼らには何もすることがなかった。エックスは風に飛ばされてきた新聞紙を目ざとく見つけて手でつかまえ、タバコを吸いながらそれを読み始める。こどもたちが遊んでおり、大聖堂のそばに停車した満員のバスから観光客たちが降り、飲み物やリンゴ飴や絵葉書の売り子がいる。ウェルキンゲトリクスは非常に背が高く体格もいいので、彼の着る服はいつでも少し丈が足りず窮屈そうで、鳥を追い払うために畑に置かれたかかしのように見えた。

暖かい朝で、ウェルキンゲトリクスは広場のこどもたちを、特に彼がどうしようもなく魅力を感じてしまう少女たちを眺めて楽しんでいる。彼は大聖堂の前に立っており、頭頂部には短い赤毛がツンと立ち、くるぶしまでしか届かないズボンからのぞく白い靴下が目立つ。強い風が吹いてどこかの少女が転がして遊んでいる自転車のリムが逸《そ》れてこないか、あるいはボールが飛んでこないかと彼は期待していた。そうすればその子と話すきっかけがつくれるからだ。収容所を出た後に自らの意思で姿を消して以来、彼が喜んで会話をした相手は少女かこびと女のいずれかだった。

それに対してエックスは年寄りと話す方が好きで、性別はどちらでもかまわず、健康のことや退職後の暮らしや孫のことを丁重に尋ねるのだ。

白いワンピースを着た少女が、後ろ歩きに夢中になってこちらに来たかと思うと、うっかりウェルキンゲトリクスの巨大な足につまずいてしまう。まず、すり切れてはいるが清潔な灰色の布きれだけが目に入る。それから、ゆっくり顔を上げながらウェルキンゲトリクスの脚と頭を分断する長い区間を視線でたどり、彼のことをじっと見続ける。

「こんにちは！」ウェルキンゲトリクスは礼儀正しくあいさつする。

少女は考え込んだ様子で彼を見つめる。彼は細部までじっくり吟味されているように感じる。容赦ない視線が、額のそばかす、水ぼうそうの青いあばた、赤みを帯びたあごひげ、鼻から飛び出た毛、青い目の虹彩、と順にたどっていく。ウェルキンゲトリクスはこの厳しい観察に少し身震いするが、必要なことだとわかっている。こどもや猫はこのような吟味を終えた後でないと信頼を寄せないのだ。彼はただ、合格することだけを熱烈に望む。

エックスはベンチの背に頭をもたせかけ、目を閉じて、暖かい日光を浴びてまどろもうとしている。

《ぼくはこの子から合格点をもらえるだろうか？》とウェルキンゲトリクスは不安になって自問する。女の子の前ではどうして裸になったように感じるのだろうか。

エックスは舟をこいでいるところを市の制服を着た職員に見つかり、その人はエックスを揺り起こしながら切符を差し出す。エックスはゆっくりと目を開き（眠りに落ちたところを突然起こされることほど嫌なことはない）、相手を興味深そうに見る。鳥たちは木々の葉の間に身を隠し、ネズミは広場の中央をすばやく横切って下水溝に向かい、こどもたちは泣きわめいている。エックスは見回りの職員の手にある小さな紙切れを見つめるが、それが何なのかわからない。

「こんにちは！」ついに少女があいさつを返し、ウェルキンゲトリクスはほっとする。テストに受かったのだ。少女はただちに彼の膝を触り、ほんものかどうか確かめる。背が高すぎて一人の体だとは信じられず、他の人の体か丸太か何かが入っているのではないかと疑っているのだ。

「ぜんぶぼくの体だよ！」ウェルキンゲトリクスは大きな声で言う。その子が何を考えているかわかったのだ。

市の職員はエックスの正面に立って落ち着き払ったまま切符を差し出している。彼がまったく理解しないので、ようやく、大聖堂の前のベンチに座るのは有料だと説明する。エックスは憤慨する。ウェルキンゲトリクスは地面にかがみ、少女の靴ひもを結んでやっているところだ。周りには鳩が集まっており、それは少女が食べているパンのくずが地面に散っているからだった。エックスは料金を払いたくない。自分は外国人でこの国の習慣を知らず、その件について議論させてほしいと主張する。ウェルキンゲトリクスは少女にピーナツを一包み買ってやり、船たちの長い長い冒険の物語を語り始めたところだ。

エックスが料金を支払う気も立ち去る気もないと答えると市の職員は怒り出し、今度は力ずくで立ちのかせようとする。ウェルキンゲトリクスが騒ぎを聞きつけ少女の手をとって近づいてみると、二人の周りには人だかりができており、「驚いたよ。」「どこまでひどい時代になったんだ。」「もう秩序も何もあったものじゃない。」などなど、庶民の知恵の粋を集めた意見が披露されていた。集まった人たちは見回りの職員の肩を持っていた、彼は職務を果たそうとしているだけなのだ。そしてエックスには賛同しなかった、彼は外国人であるだけでなく公共のベンチに座ろうとするくせに料金も払わないのだから。ウェルキンゲトリクスは肘《ひじ》で左右の人を押しのけて道を開けさせ（少女にはすぐ戻ると約束し、仕方なく噴水の脇に残してきた）、喧騒の中からようやくエックスを救い出す。エックスはいらだったときにいつもそうなるようにまぜこぜの言語を話しており、自由や個人主義、人権、それから権威という概念について、長い演説をぶち始める寸前だった。

「行こう」とウェルキンゲトリクスが母語で言い、彼の腕をつかんで引きずり出した。

「ちょっと教育してやろうと思っただけだよ」とエックスは宙吊りになったような状態で弁明する。

髪の薄くなった白髪のおばあさんが二人の行方を追っており（ウェルキンゲトリクスは視線をめぐらせて木のそばで待っているはずの少女を探し、いないとわかってがっかりする）、急ぎ足で追いついた。そしてエックスをじっと見つめるといたずらっぽい笑みを浮かべ、口を開いた。

「あたしに言わせれば、水も電気もバスも映画もみんなタダにすべきだよ。」

タペストリーの中央には、祝福のポーズをとる全能の支配者《パントクラトール》、つまり創造主がおり、開いた本を持っている。背景にはRex Fortis（強き王）の語があり、人物像の周りを囲む円環にはDixit Quoque Deus Fiat Lux Et Facta Est Lux（さらに神は「光あれ」と言われた。すると光があった）という銘文が書かれている。

旅－一一　エックスの習慣

エックスはときに、人を挑発するだけのためにバスの中で本を読む。選ぶのは、どちらかといえば大きめの本と、どちらかといえば混んでいるバスだ。乗り込めたら、一番近くにいる乗客の背を書見台《しょけんだい》代わりにして本を置き、自分の肘がとなりの乗客の肋骨《ろっこつ》に食い込むのもかまわずにページをめくるのだが、屠畜場《とちくじょう》へ送られる去勢牛のような憂いを帯びたその人のまなざしは、肋骨が折れる寸前になって初めて生気を取り戻す。エックスの周りではたいてい口論が始まる。彼は本を閉じろと言われても拒否し、乗客の中には肩越しの読書を続けたがる人もいるが本を窓から投げ捨てろと言う人もおり、もっともそれはバスに開いている窓があるという都合のいい仮定に基づく考えであって、エックスの観察によれば、人はひしめきあって暮らすことに慣れるとできるだけ換気をしないようになるものだ。

この読書強制システムを、エックスは特殊な識字教育プランと呼んでいる。彼自身が認めるように、正統派のやり方とは言えない。特に厳しい時代（たとえば、あるテレビドラマが大ヒットした上にノベライズが売り出されるとか、興味深い本に対して政府が非常に厳しい検閲を行うような時代）であれば、彼はこの識字キャンペーンのためにポルノ本を使うこともためらわず、これはどんなときもバス通学の小中学生、既婚男性、そしてあまり旅をしないので読書もしない女性たちの興味を引くことができる。すると彼はここぞとばかりに別種のポルノ的な本を真剣に勧めにかかるのだが、その中にはサリンジャーの小説やコルタサルの短編、あるいはフーコーの著作があった。

大っぴらな活動ができない時代には、印刷した紙をポケットに入れて持ち歩き、スターンの『トリストラム・シャンディ』の五一ページをのぞき読みしている人の手にすべりこませるのだが、そこには選りすぐりの必読本リストが記されている。

あるとき、墓地から港への長い道のりを走るバスで、エックスはナボコフの『アーダ、あるいは熱情』をこれ見よがしに開いており、となりに乗っていたおばあさんが彼の読書を熱心に追いかけていたのだが（その人は目が悪いかもしれないと思い、エックスはゆっくりページをめくるよう気をつけていた）、おばあさんはおそろしい秘密を友人に打ち明けるように、エックスにこっそり言った。

「若い頃はわたしもアナーキストだったんだよ。」

暗号を伝えるようにエックスは答えた。

「よろこびとは欲望のこと。」

日刊紙より

一人の若い女性が五日前にニューヨークにやって来た。中西部の小さな村の出身で、この大都会には友達も親戚も知り合いもいない彼女は、ポスターを掲げながらあちこちの通りを八時間歩き回った。《私はとても孤独です。どうか私に話しかけてください。》

自動車は通り過ぎ、歩行者は急ぎ足で歩き、地下鉄の通風孔は熱い空気を吐き出し、ショーウィンドウには照明がついており、街は夜に向かっていた。ケイトは歩きすぎて足が痛かった、そしてニューヨークは世界で最も神経症にかかる率が高い都市だ。エックスは鬱状態になって医者へ行った。《どうなさったんですか?》と医者が訊いた。(安い医者なので診察時間は患者一人につき四分半と決まっている。その代わりに処方箋が三、四種類あればどんな患者も納得させられると彼は信じていた。医療も官僚制なのだ)。《憂鬱なんです》とエックスは低い声でつぶやいた。医者は驚いて彼を見た。すでに二分経過。《おやおや》と医者は答えた。《私だって憂鬱ですよ。それだけですか?》

立ち並ぶ飲食店からは温かい湯気が出ており、トマトソースやフライのにおいがした。窓の鉄柵に人工の観葉植物が置いてあるところもあった。映画館には大きなポスター。水銀灯の緑や赤の光。人々は彼女の横をあわただしく通り過ぎ、《私はとても孤独です。どうか私に話しかけてください》と書かれた紙を興味津々で見る人もいれば、目もくれない人もいた。人をしりごみさせる呼びかけだ。赤信号がいっせいに車を停止させるが、エンジンの喉鳴りは止まない。一列に並んだ車をご覧なさい、ぴかぴか光る鼻先を前に向け、競走馬のようにスタートの合図を待っている。光の色が変わればいっせいに大きくいなないて瞬時にスタートするのだ、待ちきれない車たちが、コースに沿って、いま放たれた！ 交通法規を叩きこまれた行儀のいい歩行者たちは、はやる気持ちを抑えて信号近くの白い縞模様で待っている。レースを控えた馬たちのように、落ち着きがない。《夜にウィスキーをダブルで飲んで、リラックスするといいですよ。》《でも先生、ここに何かを感じるんです。》胃の脇のあたりで抗議の声を上げている、罠《わな》にかかった小動物のようなもの。《いったい私にどうしてほしいと言うんですか。》医師は時計に目をやりながら言う。四分経過。

夜の電燈には、その輝きや色彩にもかかわらず、どこか瀕死の風情がある。庭や家々の奥には暗がりがある。あちこちのバーから雑多な音楽が流れてくるが、ピンボールの金属音にかき消されてしまう。銀色の玉がきらきら輝いて細い筋を走り、的を叩くと小さな赤い光が点灯する、ハートのキングを落とそう、狙いを定めて倒すのだ。《ウィスキーよりピンボールの方がいい》とエックスは考える、プレイするのは負ける者だけというわけでなければやりたい。ケイトは悲しみに暮れて歩き続ける。ガソリンスタンドの前には車が列をなし、輸入ビールの缶が転がり、《紙くずはこちらへ》、しかし発射された玉は力みすぎてハートのキングをかすめもせずに通り過ぎ、許しがたいことに穴に落ちてしまう、ピンボールの小さなフリッパーでは玉をとどめることのできないセンターのあの井戸の中に、いずれにせよこのゲームはもう負けだった。

新聞によると、ケイトは夜中の一二時に自殺した。広場のベンチで、バルビツール酸系睡眠薬を大量に服用して。エックスはウィスキーをダブルで飲み、胃の中の落ち着かない生き物をなだめるが、その前にことばをかけるのを忘れない。《おまえなんか酔っぱらってしまえ。》

パントクラトール、つまり創造主が祝福をする図像を囲む円の周りには、さらに大きな円があり、これがタペストリーの中心を占めている（もとは幅六メートルあったが今は三メートル六五センチだけが残っている）。この大きな円は大きさの違う八つの部分に分かれており、それぞれが天地創造の異なる場面を表している。最初の部分はパントクラトールの頭上に位置し、鳩の姿で象徴された神の聖霊《エスピリトゥ》が水上で卵をあたためている。上に書かれた銘文には Spiritus Dei ferebatur super aguas（神の霊が水の面を動いていた）とある。

鳩には後光が射し、しなやかで見事な翼を持っている。鳩がその上で卵を抱いている水は緑色だ。

パントクラトールが光あれと命じている像を取り囲む円のうち、前述の図像、つまり水上で卵を抱くしなやかな翼をした鳩の左に位置する部分には、一人の天使が描かれている。両肩の上に翼があり、丈の長い衣をまとい、片手を胸の上に置いている。天使はイグサと花の咲いた竹の上を浮遊している。タペストリーを織った無名の織り手は——仮に一人であるとして——、竹が百年に一度しか花をつけないこと、つまり人の一生の間にそれが二度起きるのは事実上不可能であるということを知っていたのだろうか？

タペストリーのその部分に描かれた天使は、闇の天使である。左手に松明《たいまつ》を持っている。織物の黄土色の（時の流れによって色褪《いろあ》せた）背景には、次のフレーズが記されている。Tenebre erant super faciem abissi（闇が深淵の面にあった）。

旅－一二　堕天使

エックスが酔うと——肝臓がアルコールに弱いので、そうあることではないのだが——不思議なことが起きる。酒を飲むと愛情深く感傷的になり、そんな状態のとき彼は、海の上を飛ぶあの鳩が卵をあたためるように、面識のない人たちに対して抒情的な愛情を宿し、誰にも見えない鳥たちを双眼鏡で見るあの船乗りのように、遠くから見つめるようになるのだ。

何度目かに船で移動したとき、エックスはある島、つまりMにたどり着いたが、それは熱帯植物が生い茂り、石畳《いしだたみ》の道が走り、枝を組んでこしらえた屋根から大きな巻貝がぶら下がり、貝殻の中に植物が育っているようなところで、岩山の急斜面をたどってみると下は透き通った緑の海まで続いており、海底にも岩や石が見える。島の空気はツバキやスイカズラやさまざまな果樹の香りに満ちており——ビワ、アンズ、オレンジ、レモン、モモの木がふんだんにあった——、初めのうち、その香りがエックスを酔わせた。アスファルトの都会から来たばかりだった彼は眠気に似た感覚の麻痺を経験し、それはオルガスムス直後の状態、つまり、懐疑的なオウィディウスがメランコリアと呼んでいたものにも似ていた。エックスが到着した村は、神の村《プエブロ・デ・ディオス》という神秘的な名を持っており、ある回想録によれば（数年前に偶然読んだものだが、それはもちろん、自分があてもない放浪の末に、行き先を決めて出発したのに嵐に遭って見知らぬ土地に流れ着いた旅人のようにその島にたどり着くことになるとは、まったく知らない頃のことだった）、村名の由来はある神秘主義者の男（元は恋多き放縦な宮廷人）が住みついたことにあり、彼は神を讃える本を様々な言語で著すとともに、土地の植生を研究し、またコニャックの蒸留方法を発見したが、この驚くべき発明によって彼は神と肝硬変《かんこうへん》にぐっと近づいた。彼は無邪気にもその飲み物の香気を賢者の石と混同していた。（伝説によれば、その洒脱な騎士は王たちの寵愛を受け貴婦人たちの人気を集めた吟遊詩人でもあり、社交好きで機知に富んだ人物だったが、長い間ある女性につきまとっていた。ある朝、彼が馬に乗って彼女の後を追っていくと、雪花石膏《アラバスター》の墓石で有名な教会の前廊にたどり着いた。婦人は後ろを見ることもなく建物の中に入ってしまった。騎士は声をかけようとついていった。すると彼女は出し抜けに振り向き、胸をはだけた。癌に冒されていた。その暴露に心打たれた騎士は、世俗の交わりを捨て、華々しい活躍の場であった狩猟をやめて研究と神への愛に身を捧げるようになり、自由な時間はコニャックの蒸留にいそしんだ。）

　村の小さなテラスのところで、エックスは一休みしようと足を止めた。屋根はブドウ棚になっており、実はまだ熟していなかったが、それでもあたりの空気を甘くしていた。籐《とう》で編んだ椅子《いす》とテーブルがあり、ビールや清涼飲料《レフレスコ》を出す店だった。ブドウ棚には、かつて——交通量の増加や汚染が海の生態系を貧しくする前に——海岸で拾ってきた大きな貝殻と、まぶしい太陽の光をやわらげる空き瓶が吊り下げられていた。緑の巨大なオウムが一羽、幾つもの言語をまぜこぜにして鳥かごの中から話しかけてきたが、エックスはそれを聞いても不思議に思わず、それというのも彼自身、様々な言語の音声を取り交ぜて話すことがよくあるからだ。テーブルの間を犬が数匹うろついていた。元気のよい子犬がエックスの近くまで来ると、いかにも嬉しそうに彼にあいさつした。エックスはそれを見て深い感謝の念を抱いた。何度も旅をくりかえし、様々な国や都市をめぐってきたが、自分を出迎えに来てくれたり、よそものに向かって嬉しそうにほほ笑みかけてくれたりする人には、それまで一度も出会ったことがなかったのだ。

ブドウの香りに包まれながら、様々な言語で神を讃えた神学者にして碩学《せきがく》、コニャック蒸留技術の開発者でもあったラモン・リュイを思い出してほろ酔い加減になったエックスは、まだ熟していないブドウの棚の下に腰かけ（犬は彼のそばに寝そべった）、不揃いな石で組まれ、隙間に草の生えた石壁を満足げに眺めた。彼はコニャックをダブルで頼み——あの神秘主義者へのオマージュだった、使徒として各地をめぐる合間に『航海術』と海流に関する理論書『なぜイギリスの海は逆流もするのか』の執筆をやってのけ、著書で大地は球体であると主張した彼に敬意をこめて——、暖かい太陽の光をやさしく頬に受けながら、深呼吸をした。ブドウ棚の下を見渡すと、この季節にぴったりの涼やかな薄手の服で思い思いにめかしこんだ観光客の姿があった。彼の視線は、一人で慎ましく紅茶を飲んでいる老婦人のところで止まった。熟したアンズが地面に落ちて土を濡らす香りや、どこかそのあたりで苔と木イチゴの低木の間を走る川の水音、そして二杯目のコニャックに酔いしれて、エックスは婦人に向かって最高のほほえみを、彼女の存在をよろこび祝福する陶然としたほほえみを送った。

老婦人は金髪で太っており、肌は白くて唇は薄く、明るい空色の小さな目はつややかな長い睫毛《まつげ》に縁どられていた。彼女は高齢であり、これまでに生きてきた年月が身体の前にも後ろにも脂肪を蓄積させてぎゅっと詰まった丸みのある外見をつくりだしていたにもかかわらず、エックスはその肥満体の温かさ、肌の並はずれた白さ、ゆっくりと崩れていく肉の控えめなたるみを想像して、彼女が愛おしくなった。

　エックスがその婦人を見て最も驚嘆したのは、年をとった智天使《ケルビム》の、恩寵のよろこびのうちに丸く太った天使の相貌《そうぼう》だった。天使の性別の問題よりも——それについては疑いようがない。両脚の間に小さな突起とまだ発達していない二つの丸い玉がついた少年の天使と、他の部分よりほんの少しだけ濃い色をした繊細な切れ込みを持つ少女の天使がいる——、天使の年齢の方に彼はずっと強い興味を抱いていた。不可解な曲解が生じて、何世紀もの間、画家や神学者たちはまだひげの生えていない男の若者だけが天使になる資格を得られると信じていたようだ。しかしエックスは、若い天使は堕天使、つまりアンズのように地面に落ちた存在であると確信していた。真の天使はもっと年を取っていて時には耄碌《もうろく》していることもあり、老衰のために手足は震え、女でも男でも頭がはげている場合だってあるはずだ。けがれのない《インマクラード》相貌の老婦人を、エックスはうっとりと眺めた。ふっくらした頬の張りは衰えつつあり、薄い唇は肉に刻まれた二本の皺《しわ》が強調する左右の口角の間に埋もれかけており、豊かな髪は上品な銀色で、手はとても白くて透明感があり、慎ましいティーカップをこの上なくしとやかに持っていた。

　老婦人は一人で、雑草の生えた乱積みの石壁を背にして座っており、太陽に酔っぱらった裸同然のこどもたちが突風のように彼女の脇を駆け抜け、近くの椅子をひっくり返して行くのを見てほほえんでいた。彼女はしとやかにティーカップを持ち、顔をわずかに上げ、至福の風に、木々の香気に、その場所にいることの幸せに対してほほえみかけていた。干し草色をしたワンピースの短い袖からは白くて太い腕がのぞいており、エックスはその服がすっかり気に入った。婦人の表情があまりに穏やかだったので、彼は自分が神学者や画家たちに存在を無視されてきた熟年天使を前にしているのは間違いないとすぐに確信した。三杯目のコニャックを飲みながら、アルコールをほとんど受けつけない肝臓の持ち主である彼は、清新体派《ドルチェ・スティル・ノーヴォ》の詩人たちの詩を完璧に思い出していた——これが、詩や歌といえば俗悪なものしか覚えていない他の亡命者とは違う点だ——。

Voi, che per li occhi mi passaste al core
e destaste la mente che dormia
guardate a l'angosciosa vita mia
che sospirando la distrugge Amore,

そして、ダンテが（追放される前に）歩き回ったヴェローナを、ベアトリーチェにもグイード・グイニツェルリにも恋をしたダンテが歩いた通りの数々を思い出した。

エックスがカヴァルカンティを引用しながら老婦人に話しかけようとしたまさにそのとき、彼女の方が彼に礼儀正しく声をかけ、不完全ではあるものの魅力的としか言いようのないスペイン語で質問をした。彼女が列車の時刻を知りたがっていたのでエックスはさっと立ち上がって調べに行き、必要な情報に加え、その場でつんだ急ごしらえの花束を抱えて持って戻ってくると、恭《うやうや》しい態度で、相席する許しを求めた。彼女はほほえみ、幸福感でいっぱいのエックスは、少なくとも三五歳は年上だろう、つまり自分が一五歳のとき――そう、かつてはそんな頃もあった――、彼女はもう五〇歳だったのだと考えた。今は若くても六八歳ぐらいのはずだ。婦人はエックスの差し出した花束をなんとも上品に受け取り、誰に向けるともなくほほえみを浮かべた。《彼女がほほえむのは天使だからだ》とエックスは心に思った。《天使がほほえむのにはいかなる口実もいらない、天使は咎《とが》めを受けない存在なのだから。あのほほえみは天上の恩寵から発するものであり、調和の模範、世界の秩序の模範だ。》犬は彼についてきたが、暑さにぐったりして二人の前の地べたに座りこみ、休んでいた。《犬が嫉妬深くなくてよかった。彼女もだ》とエックスは考えた。彼は老婦人の話す言語を知らなかったので会話は困難だったが、ふつうなら気が滅入《めい》るような状況にこの場合はかえって鼓舞されて、堰《せき》を切ったように話し始めた。

「ぼくの名はエックスです」と彼は言った。「特別な事情があって、ぼく自身の希望というよりは世の成り行きのせいで、数年前から行き先を決めずにあちこち移動しています。あなたはとても美しい」と最後に言い添えると、古臭いがこの場にぴったりの口説き文句を見つけたと思い、《とても古くて／とても新しい》と胸の内で引用した（ルベン・ダリオだったか、ヴィクトル・ユゴーだったか？）。

もしかすると彼女にはエックスの言ったことがちっとも伝わっておらず、名前や年齢や宗教や支持政党や出身国や所得税の額を訊いたとしても答えてくれなかったかもしれない。しかしエックスにはそのような警察の尋問じみたことをする気はなく、きっとこの御婦人はスウェーデン人で、五人の孫の祖母で、数年前に未亡人になり（そうすれば都合の悪いライバルはいないことになる）、島でのバカンスを一人で楽しんでいるのだと決め込んでいた。

エックスは、婦人の腕が手首に向かって著しく細くなっているのに対し、肩から二の腕にかけては極めて太く丸々としていることに気づいた。肘は脂肪の間に埋もれ、ふつうの肘のように突き出るのではなく陥没しており、へこみと皺だらけの穴の中から探し出さなければならなかった。

エックスのおしゃべり（彼はあちこちの都市や女性たちや戦争のことを思い出して長々と語り始めていた）が理解できると、婦人は思いがけず新しい話題を持ち出したり質問したり意見を言ったりしてエックスをよろこばせた。《うちの犬を学校にやったの》と老婦人が言うのを彼は聞いた。《英語を勉強させようと思って。かわいそうに、スウェーデン語しかわからないんですもの。もうだいぶ上達して、今ではSit-downと言われたらすぐにお座りするのよ。》それは素敵だとエックスは思い、すぐに、犬はスペイン語で「お座り《シエンタテ》」と言われたら立ち上がるでしょうかと訊いたが、彼女には質問の意味がわからなかった。

婦人は巨大なダリアの刺繍がほどこされた麦わらのバッグを持っていたが、そのダリアもバッグも丸々とした白い腕にぶらさがっている金色のブレスレットも、そして籐椅子も観光客たちの足の指もカフェのオーナーの汗でさえも（ヨーロッパではよくあることだが、彼は頻繁には入浴しない）、エックスには愛おしく感じられた。しかし、テーブルの下に目をやり、貴婦人がサンダルをはいているのを見たとき、他の何よりも（彼らを興味深そうに眺め、唇の間でアンズの実をサディスティックに崩し、みだらな感じで咀嚼《そしゃく》している一五歳ぐらいの娘よりも、海藻やキンセンカの名残がからまった彼女のまっすぐな髪よりも）、エックスはそのバラ色のサンダルが愛おしかった。エックスが妙な性癖の持ち主だったとしたら――夢の中ではそうだった、誰だって同じだ――、サンダルをはいた女性たちの後をつけまわしたことだろう。サンダルが足の一部分を覆って（肉体の魅惑的な領域を露出して）いる場合でも、サンダルが単独でショーウィンドウに飾られていたり絨毯《じゅうたん》にそっと立てかけられていたりする場合でも、彼は激しい興奮を覚えた。クラシックな斜めがけベルトに細いヒールの落ち着いたサンダルであれば、彼の興奮はむしろ抒情的と形容すべきものになった。その場合、それをはいている足とは切り離したオブジェとしてのサンダルを長い間じっくりと観察し、想像を自由に羽ばたかせることができた。それに対して、ソールが剃刀《かみそり》の刃のように薄く、足首の周りをたった一本の紐でとめているようなシンプルなサンダルにはエロティックで倒錯的な興奮を覚えた。今回のは淡いバラ色の華奢なサンダルで、婦人の風貌と見事に調和していた。ふっくらした足はところどころが露《あら》わになっており、枕みたいな柔らかい指や白くて幅の狭いかかとが見えた。

空と海の色をした貴婦人の瞳を恭しく見つめながら、エックスは——太陽に、そして神学と科学の夜に蒸留されたコニャックに酔いしれて——さまざまな話題について話し続け、彼女の方は、しとやかで繊細な熟練のしぐさでにこやかに紅茶を飲んでいた。彼女は相手の話を理解できるかどうか気にしておらず、エックスは聞いてもらえるかどうか気にしていなかったが、これは世のカップルの関係を長続きさせる秘策だ。だから、彼女が紅茶を飲み終えて席を立つようなそぶりを見せたとき（椅子をテーブルから少し遠ざけ、たっぷりした体を動かすのがさほど困難でないようにしたのだった）、エックスは——話題はもはや、絶対貧困の状態にある六億人の飢餓を解決するべく世界銀行が提唱したプランに及んでいたが、ロバート・マクナマラによれば、出生数を少し減らせばよいのであり、問題は貧しい人たちが無責任な交接をしがちなことだという——躊躇《ちゅうちょ》せず自分も立ちあがった。犬もいそいそと立ちあがった。

ブドウ棚のテラスを後にして外へ通じる石の道に向かって歩き始めてすぐ、エックスは紳士らしく老婦人に向けて腕を差し出し、よろこんでその体を支えた。太陽の熱気とコニャックのかすかな酔いの合間に、先ほどの娘がまだ小ばかにしたような笑みを浮かべているのが見え、彼女の髪は濡れたままでシャツが胸にぴったりはりついており、アンズをかじっていたが、何か別のものに口をつけているみたいだった。外は暑く、たくさんの虫が鳴いていた。セミ、コオロギ、それにカエルだろうか。道は少し上り坂で、行く手には急峻で大きな青い山があり、山裾《やますそ》には豊かな植生が見えた。

村の道を二人はゆっくり歩いていった。老いた母につき添う面倒見のよい息子のように、母親を慕う孤児のように。それぞれが自分の言語で話していたが、ときどき老婦人が指をさして、イナゴマメの太くてねじれた幹や、樹齢百年は越えているであろうオリーブの木や、遠く山の頂上あたりを飛んでいるタカをエックスに見せた。美しい空色をした彼女の目は遠くまで完璧に見ていた。エックスは言われたとおりにし、ブーゲンビリアやブルーマロウの群生に驚嘆したり、岩と茂みの間に急流を見つけたりした。二人は屋根に蔦《つた》のからまった岩の洗い場の脇を通り、涸《か》れ川にかかった丸太の橋を見ながら歩き、巨大なあずまや《グロリエタ》を過ぎたが、そのあずまやは（結婚式の日の）花天井のようにホテルの階段の踊り場へと恋人たちを導いていた。

彼女の部屋には窓があり、ゼラニウムやシダやミモザの鉢植えがいくつも並べられていたのでエックスはとても気に入った。緑のよろい戸から太陽の光が漏れている。遠くに羊の首のベルが聞こえる。小さな応接間がついていてテーブルが一つ、グラスが二つ、それから細長い葉に黄色い葉脈の走る植物があり、エックスは何という植物か知らなかったが、迷わず「トラの尾」と名づけた。籐椅子も二脚あり、彼はその一つに腰かけた。応接間の向こうには寝室が見え、背の部分に細工のほどこされた古くて大きな木製のベッドと、四つ扉の頑丈そうな衣装戸棚があった。

　貴婦人は戸棚の方へ行き、台形の美しい瓶を持って戻るとアイスティーを勧め、エックスは最高の気分でそれに応じた。落ち着いた雰囲気の部屋も、彼女から周りのものすべてに伝わっている至福感も、そしてワンピースの下にちらりと見えた白いブラジャー（巨大な乳房がこぼれ出ないようとどめている下着）まで、彼は好ましく思った。

　求愛には時間がかかり困難だったが、エックスは小さな思いやりの数々や親密なやりとりにすっかり魅了された。初めのうち、彼女はもっともな理由を延々と繰り広げて拒み、エックスにはその言語が理解できなかったが素敵な響きだと思った。彼女が話し終えると――二人は小さな応接間におり、目の前にはアイスティーのグラスが二つあった――、彼はそっと自分の親指を彼女の親指にからませた。彼女の親指は先に向かって細くなっており（ずんぐりした白い指は、手の肉が一番豊かな場所から生まれていた）、けがれ《インマクラード》とは無縁だった。無垢で丸くて天使のようで、まるで誰にも触れられたことがないかのような親指だった。くすぐったかったのか彼女は不意に笑い始め、そのコケティッシュで素敵な笑い方に誘われてエックスも笑った。貴婦人の恥じらいを打ちやぶるために、そして恥じらいが自分にまでうつってしまわないようにエックスは再び話し始め、今度の話題はタペストリーだった。ポーランド人愛国者たちの危険を顧《かえり》みない行動のおかげでナチスの手から救われたクラクフのタペストリーのことをどうして彼女に語るのか、自分でもさっぱりわからなかったが、これほど熱が入るからにはこの貴婦人と話したいのは他でもないこの話題であるようだった。すばしこい小舟を乗り継いで危険きわまりない秘密の旅を重ねた末に、タペストリーはついにカナダまでたどり着いたのだ。エックスはタペストリーがどれほどの危険やアクシデントに遭遇したか大いに熱弁をふるって語ったので、貴婦人はその話しぶりに、あるいは物語のうちで理解できた部分に夢中になり、彼の目をじっと嬉しそうに見つめ始めた。石畳の道や茂みと川の間に取り込まれた彼女の空色のまなざしは瑞々《みずみず》しい若さにあふれ、控えめでありつつ欲情をそそるようだったので、最初の恥じらいを克服できたことにエックスは気づいた。

貴女《あなた》が服を脱ぐところを見させてもらえないだろうかとエックスは頼んだ。彼女はその頼みを理解しておらず、脱ぐために背を向け、初めは彼が手を貸すのを拒む様子を見せたが、エックスが彼女の目をあまりに愛情深げに見つめるのでついに同意した。彼はまず、腰回りの肉に埋もれながらワンピースをとめていた緑の細い革ベルトを丁寧にはずした。ひとたびベルトを手中に収めると、あたかもそれが貞淑の象徴であるかのように窓に吊るした。ワンピースの背には長いファスナーがついており、彼女を抱きしめる口実になったが、エックスは貴婦人の体が自分の両腕ではかかえきれないことを驚きとともに確認した。繊細な確認作業だった。そのことで彼女がいっそう愛おしく思われた。彼は少しの間、そのまま彼女を自分の胸にぎゅっと押しつけ、驚くべき肉の塊にすっかり埋もれた状態でおり、婦人のすべすべした白い肌の表面には川の流れを描いたような青い静脈が見えていた。

彼女は慎ましく震えながら身を任せ、何度か驚いた表情で彼を見つめたりもした。

すでにワンピースのファスナーは下ろしてあったが、エックスは間に入るもののない状態で婦人の堂々たる肉体を見つめてみたいという欲望を抱きつつまずは下着をはずすことにした。彼女を抱き寄せたまま、腰を支える腕は離さずに身をかがめ、ワンピースの下に片手を入れた。指の間でとろけてしまいそうな白くてなめらかなすばらしい肉の塊をやさしく撫で、綿雲の間を縫うようにして指先で月のクレーターを見つけながら少しずつ進み、エックスはパンティの端にたどり着いた。触れた途端、思ったとおりの幅広で丈の長い絹のパンティだとわかった、色はおそらく白か肌色で、布地の薄い部分が縦縞《たてじま》模様をなしている。感激したエックスは自分の身体を下の方にすべらせていき、婦人の脚を少し開かせようとしたが、太すぎる両脚はぴったりくっつき、境目が一本の細い線になっていた。

一方、白い足先は丸くてこじんまりしており、ティツィアーノの描く女天使の足のようだった。ブラジャーはぎゅっと目の詰まった布地でホックは簡単にはずれ、エックスはその音を満ち足りた気分で聞き、肩のアーチを通過させて肩紐を降ろすと乳液状の白くて柔らかい肉がばらまかれ、両手からこぼれおちて豊かなひだをなした。それから、貴婦人を振り向かせた。一糸まとわぬ見事な肥満体で、きゅっと寄せた脚は少し内股ぎみだった。恥丘はすべすべでほとんど見えないような薄い色の毛がほんの数本生えているだけで、青くて細い静脈が彼女の体を走っており、薄紫色の小さな乳首は体の大きさに釣り合っていなかった。エックスは、夢や絵画の中だけに現れる不思議な生き物でも見るかのように、彼女の姿をじっと見つめた。

開いた本――片方のページにＳＣＳ、もう一方にＤＳという神秘的な五つの文字が見える――を携えて祝福を与えているパントクラトールの右側を見ると、タペストリーの円環のもう一つの部分に、対になる天使が描かれている。翼は創造主の左にいる天使よりも少し高い位置まで上がっており、巡歴の姿でどこかへ向かって歩いている。この部分の色調はより鮮やかでより明るい。これは光の天使であり、上部にラテン語で光と記されている。

旅―一三 島

エックスは翌日、再びブドウ棚のテラスに行った。今度は清涼飲料《レフレスコ》を注文した。周囲の様子は何も変わっていなかった。石壁に垂れ下がる見事な赤紫のブーゲンビリアはあふれんばかりで、アンズは果汁を地面に滴《したた》らせ、野良犬は周囲の静けさが伝染したように日陰でうとうとしている。エックスが眠気を覚えて籐椅子の背もたれに身を預け、景色を楽しもうとしていたそのとき、鋭い口笛が聞こえ、彼も犬も警戒して頭をもたげた。彼の目に映ったのは、前の日に見た娘が日焼けした豊かな尻を揺らしながら軽やかに屈託なく近づいてくる姿で、相変わらずあの色褪せた汚いシャツを着ており、濡れた髪がひきしまった顔の輪郭にはりついていた。彼女はいつでも海に潜ってきたばかりのようで、髪にも腕にも脚にも水滴がついている。水の透明なしずくが肌の毛穴に留まり、微細なレンズのようだ。中に色とりどりの小さな石や植物の繊維、ガラスのかけらや小さな玉が不規則に並んだオパールの玉にも似ていて、含水珪酸鉱物で覆われたその球体が海底や宇宙の探査と同じぐらい私たちを魅了することを思い出す。

彼女は最高の年頃だった。顔立ちや体型の見栄えがいいからというよりも、身体の諸器官と皮膚が成熟段階に達したばかりで様々な要素の総和が輝くほど美しい時期にあるが、それらの要素は次第にばらばらになり、完璧だがつかの間のものである調和は壊れていくだろう。あらゆるものが完璧に連携しているうちは魅力的で愛嬌があるが、これからの年月がそのバランスを崩していく。腰回りを太くし、張りのある乳房の皮膚をたるませ、日に焼けて熱を帯びた肌に早々と皺を刻み、半開きの大きな口を下品に見せ、そこはかとなく挑発的な当世風のまなざしに淫らな輝きを与えるのだ。タペストリーの中で先行きを知りつつ創造の指揮を取り、未来を予見しながら現在にいるパントクラトールのように、エックスは娘がほつれかけた黒い布靴で地面を蹴りながら確かな足取りでやって来るのをじっと見ていた。彼女の若さ、自分の体が成熟しているという意識、そして自然から授かったそれらの恵み――太陽や海の水や金色の砂浜やタカの飛翔と同じく、ただそれだけですばらしいもの――はよろこびや感謝や尊敬の対象となって当然だという彼女の確信には、どこか挑発的で挑戦的なところがあり、エックスはたちどころに委縮した気分になった。彼女には、いかにも健康的な人らしい、罰を免れた愉悦や、強くて美しい人の持つ虚栄心の強いプライドがあった。しなやかで適度に肉のついた脚や、腿《もも》と膝のすばらしい曲線は圧倒的で、肌の色は多様な人種の混血によってもたらされる奇跡のような、画家が苦労の末にパレットの上でようやく再現するような、絶妙な色合いだった。着古したシャツの下に張りのある胸が透けて見えた。陶器のような丸い乳房は丸い尻と完璧なシンメトリーを成し、その中心に魅惑的な二つのブドウが陣取っていた。

《ひょっとすると、もっと知的になることならできるかもしれない》とエックスは考えた。《もっと思いやりを持ったり、柔軟になったりすることも。でも、動物としてこれ以上魅力的になるのは無理だろう。》彼女が正面に腰かけたとき（声もかけず、じゃまにならないか気にする様子もなかった）、エックスは危うくいななき声を上げそうになった。しかし文明化された人間であり、抑圧され、自らの衝動を抑えることに慣れた社会的存在であるからには、ここにいる若駒（健康でたくましい野生の雌馬）のようになるわけにはいかない。彼女はからかうような目で彼を見ていた。きっと前日の出来事を、初めて彼を見かけたときの、コニャックと太陽で酔いつぶれそうだった姿を思い出しているのだろう。不可解なことに彼女は優越感を抱いているようだったが、こんなことで傲慢な洟《はな》垂れ娘を優位に立たせるつもりはない。おまけに、バーの店主は——彼女のことを知っているに違いない——注文を聞きに近寄って来ず、したがって、ちょっとした休憩を取って停戦中に作戦を練ったり、小さなこどもを相手にするみたいにアイスクリームをごちそうして身の安全を確保し、彼女との力関係をひっくり返したりするチャンスはなかった。いまいましい力関係。店主はいっこうに来てくれなかった。

その娘は灰色の短パンのポケットからひしゃげたタバコの箱を取り出すとエックスに勧め、彼はその申し出をありがたく受け、そのやりとりによって急にある種の仲間意識が生まれたように感じ、戦争終結後の平和の煙だと思った、といっても戦争なんて雄《マチヨ》である彼（その典型からは外れた存在？）の想像力の中にしか存在しなかったのかもしれないが。太陽の光が娘の濡れた黒髪を輝かせていた。《この娘は泉や激流や川で、海の精《ネレイデス》たちのように水浴びするのだろう。あるいは暑さに疲れた犬たちが冷たい小川を見つけるまで駆けていき、儀式のようにひっそりと厳《おごそ》かに首まで水に入り、生き物と水の間に昔から結ばれていた秘密の関係を見つけるように》とエックスは考えた。

「君はどんな人なのとか何をしてるのとか訊かれるのは大嫌い」と、彼女はエックスの質問を先取りして言ったが彼はそんなことを訊かなくなって久しく、現代生活はそれほど不確実なものなのだ。「わたしの返事はすごく複雑。まとめきれないし、会話の出だしとしては最悪だよね。ここにいるのはみんなよそから来た人だし」と娘は続けた。「よかったらグラシエラって呼んで。物でも人でもちゃんと名前で呼ぶべきでしょ。それにしても、どうして世界には言語がいくつもあるんだろう。小さい頃、このことを初めて考えたときは、違うことばがたくさんあるのは複雑なだけで意味ないって思ってた。世の中にはそれ以上簡単にできなかったっていう単純な理由で複雑になってるものがたくさんあって、ことばもそのひとつだって。でも最近は、単純さっていうのは何かが発展したり集大成されたりした後に生まれるもので、その逆じゃないと思うようになった。考えが変わったの。わたしぐらいの年頃のいいところは、しょっちゅう考えが変わるっていうことだよね、老人と違って。年寄りにも変化はあるけど、考えとか信念とかは変わらないでしょ。しかもさ、それが成熟の証だとか思ってるじゃない？　信仰とか神話とか思想とかに執着することと成熟の度合いに関係があるなんて証明もできないのに、老人はそう信じて疑わないんだよね。で、さっき言いかけたけど、いろんな言語があるのはいいことだと今は思ってるわけ。理由はわからないけど、いいと思うんだ。世界中の誰もが同じ言語を話したらどうなるだろうって思ったりもするけど。あなたっておばあさんが好みなの？」

エックスは会話が始まった瞬間から自分がおそろしく年を取ったように思えて居心地悪く感じており、籐椅子に深く座り直して時間を稼ぎ、グラシエラが期待しているらしい簡潔で痛烈なスタイルで答えようとしたが、それはとても難しかった。会話というのは、ほとんどすべての場合、内容ではなくスタイルの問題なのだ。

「そうだね」と彼は急がずに言った。「実際は選《え》り好《ごの》みしているわけじゃない。つまり、ぼくには年齢が根本的な問題であるとは思えないということだ。たぶん君は、紅茶を飲んでいた貴婦人のことを言っているんだろう？　昨日の朝の。」

「そう」と彼女は即座に答えた。「なんで《貴婦人》とか言うの？　貴族の生まれとかなわけ？　社会階層の話をされると気が滅入るんだけど。」

「そういうことじゃないよ」とエックスは弁解した。「それとは別の話さ。」

「わたし、年増女が好きでたまらないって男を何人も知ってるんだ。でもあなたよりもっとずっと若い子たちだよ。こどものときにかかる病気みたいじゃない、水ぼうそうとか。わたしのともだちにもいるし。はっきり言ってばかだと思うんだけど。」

「ぼくが言ってるのは、それとも違うと思うよ」とエックスは省略して答えた。

「あなたって、指示形容詞が使えなかったら生きづらいんじゃないの。わたし、文法のクラスの試験に通ったばかりなんだ。ことばの使い方についてものすごく勉強したんだから。とにかく、わたしはあのおばあさんにあんまり興味なくって、イギリスの貴族だろうがコーラスガールをしてた人だろうがどうでもいい。ここにはたくさん来るんだよ。三流以下の女優で、メトロとかフォックスの映画にちょい役で出たことがあるだけのくせに、亡命中の王女様気取りの大げさな態度で歩き回る女の人たちが。男には相手にされないの、その人たちはすごくヒステリックだし、ひがみっぽいから。しかもベッドでは最低。ご主人様になりたいって感じで、有能な男じゃなくて奴隷みたいなのが好みらしいよ。あなた、日光浴はしないの？」

「そうだね」とエックスは答えた。「ぼくは肌が少し弱いし、あと、これは悪くとらないでほしいんだけど、君は別として、肌の白い人たちが太陽の下で群れをなしてわざわざ肌を焼いてる光景って、しかもオレンジの皮とかミネラルウォーターのボトルとか石油のしみが浮いてる海だとちょっと……」

「わたしは別って、どういうこと?」と彼女はけわしい表情で口をはさんだ。

「君は汚染以前のところにいるっていうことだよ、うまく説明できるかわからないけど。沖合で巨大石油タンカーが衝突するよりも前。プラスチックとか整形手術とかガソリンとかヨットよりも前。日焼け用ローションとか肉体を若返らせるためのケアとか売店のマリファナなんかの手前にいるだろう。言ってみれば、周囲の状況に従わずにいられる思考みたいなものだ。」

彼女は考えこむようにエックスを見つめた。

「わかる。わたしはマリファナを吸うし映画も太陽も大好きだけど、それとは別の話なんでしょ。そしたら、あのおばあさんも《周囲の状況に従わずにいられる思考》っていうやつなのかな、ストックホルムかロンドンか知らないけど自宅に戻ると最新の機器がごろごろあって、ご家庭でお手軽にヨーグルトが作れますって売り文句の超音波式の機械とか、プラスチックの植物とか、乾燥もできる皿洗い機とか、一台で番組を見るのも録画もできるテレビとか持ってたりしても。ねえ、わたしとも同じことする?」

エックスは飛び上がった。小さい頃、前触れもなく母親にドアを開けられ、切手を分類して並べるという純真な楽しみにふけっているところを見つかったことを思い出し、彼はその瞬間——そして今も——、自分はある意味で人を失望させていることを確信していた。

「そうだね……」エックスは口ごもった。どんな展開になれば彼女が納得するのか想像するのは難しかった。

「その口ぐせがなくなったらどうなっちゃうんだろうね」とグラシエラは彼の戸惑いをからかった。

「すると思う」と彼は簡潔に答えた。

「それなら」予想していた答えを確認しただけという感じで彼女は続けた。「あなたの言う、周囲の状況とは離れ……（と言いかけて、正確に思いだそうと一瞬ことばに詰まった）、失礼、《周囲の状況に従わずにいられる思考》っていうのは、事物への依存状態から解放された思考でもあるのかもしれない、つまり、物ではなくてあなた自身が投影されている考えだってこと。ここまではいけるの。でもこれ以上は無理。投影の問題ってほんとに面倒。論理学の試験に落ちるかも。あなたがあのおばあさんについて――それにしてもかなり年いってたよね！――あるいはわたしについて考えたこと、っていうか、想像したこと？（と問いかけるように言った）が、おばあさんやわたしにほんとうに関係あるのか、それともあなたの夢や欲望の投影でしかないのか、結局はわからないよね。欲望は夢であって、欲望っていうのは自分以外の人とか物がきっかけになって生まれるんじゃなくて、わたしたちの妄想から生まれるのかも？　このあたりまで来るとめまいがするの、ブドウを食べ過ぎたときとか寝過ぎたときみたいな嫌な感じ。わたしの頭って考えると負担かかるみたい。人に従うことに慣れすぎたんだと思う、こどもだったし、女だし。」

「二つの耐えがたい隷属状態だ」とエックスは重々しく言った。「一つ目の方からは年さえとれば解放される。二つ目から解放されるには、長い戦いが必要だろうね。」

「抑圧する側の声は聴きたくない」とグラシエラは抗議した。「論理学の試験は落第だろうな。とにかく今のは一人で考えたの。」彼女は暗い調子でつけ加えた。「誰もそんな手ほどきしてくれなかったから。ねえ、避妊具持ってる?」

エックスはまたもや飛び上がり、持っていないと答えた。

「そうだと思った。」彼女はため息をついた。「あなたも、女がピルを飲んだり女性専用クリニックで堕《お》ろしたりして健康を台無しにすればいいと思ってる奴らと同類ってわけ? それとも、おばあさんとしかやらないの?」

彼女がいらだっているのでエックスはかすかな罪悪感を覚え、それは周囲の状況に従って生じたわけではないが、リアルな、まるでこどもを棒で叩いてしまったときのような罪悪感だった。

「すぐ戻るね。」彼女は謝る暇も与えずに言った。「荷物取ってくる。」

彼女は暖まった石畳の上を跳ね、死者の衣のようにまとわりつく太陽の熱気をくぐり抜けて足早に遠ざかっていった。エックスは彼女がブーゲンビリアの茂る石畳の道を、詮索好きなトカゲのように走っていくのを見た。

彼女が戻ってきたとき、犬はミモザの生け垣に小便をしており、その目つきは犬が小便をするときにいつも見せる、無限を見つめているような哲学的な感じがした。犬は一通り終えると植物の緑を濃くしたほとばしりの跡を一瞥《いちべつ》し、それから誰かが近くに停めていたバイクのタイヤに決然と向かっていった。軽蔑を込めたほとばしりはナットやシリンダーや金属のリムにも向けられ、エックスは傍若無人《ぼうじゃくぶじん》なやかましいテクノロジーに下された罰をひそかに祝った。

グラシエラはギターケースを持って戻り、それが唯一の荷物だった。エックスは音楽がどうしても欠かせないと考えるほうではなかったが、これは素敵だと思った。彼女は声がいいから、弦をかき鳴らすだけじゃなくて少しは歌うかもしれない。新しい世代に音楽が果たした役割について研究してみる必要があると彼は考えた、いつだって人類学者のようなのだ。

「わたし、海岸の方にいい場所を知ってるよ」とグラシエラが言った。「岩の間にある洞窟。少し登らなくちゃいけないし、潮が満ちてくると足が濡れちゃうんだけど。高いところは平気？（返事を待たずに彼女は続けた。）前に一度洞窟で一晩過ごす羽目になったことがあるんだ、満潮になっちゃって。わたしがそのとき一緒にいたばか男は足がつったとか親が心配するとか言ってぴりぴりし始めたの。その子の親、ばか騒ぎのパーティーに行くときだけ夜遊びのオーケー出すんだよ、それって若い子が集まってみんなで体を触り合ったり葉っぱを吸って眠っちゃったりするようなパーティーなのに。でも、山とか海辺に一晩中いる方がずっとふしだらだって信じ込んでるわけ。親なんてそんなものだよね。うちもそう。まあとにかく、夜はすばらしかった。真っ暗闇に波の音が聞こえて来て、マッチが切れちゃって潮の高さがよくわからないから、波が入って来ないか二人とも耳を澄まして気をつけてたの。洞窟の中まで水浸しになることもあるから。お互い顔は見えなかったけどそれでよかったと思う、だって怯えた顔なんて見てられないでしょ。男だからっていうんじゃないよ。男だから女より恐怖心に強くなきゃいけないなんて思わないし。相手が女の子だったとしてもきっと腹が立ったはず。夜になると洞窟はけっこう冷えるの、いつも湿ってるし、たぶんその日は風も強かったんじゃないかな。暗いと実際より風が強く感じられるよね、おかしくない？　その子、神経の発作だか何だか知らないけど、震え出しちゃって。ほんとになんでわたしのこと恨むのか理解できないよ、二人でそうしようって話になってあの洞窟に行ったのに。お互い特に気になってたわけじゃないんだけど、その日はなぜかいい感じになったんだ。でもその晩から毛嫌いされるようになったの、潮が満ちたのはわたしのせいだとでも言いたそうな顔して。他にもっといい場所ある?」と彼女は訊いたが、それはエックスの顔を立てるためだけで、何があっても洞窟をあきらめるつもりはないことに彼は気づいていた。

「ギターを持ってあげるよ」とエックスは礼儀正しく申し出た。

「ギターって?」とグラシエラは笑いながら訊いた。

そしてケースをぞんざいにテーブルの上に置くと(コップが一つ倒れかけ、エックスが手を伸ばした)、二つのバックルに手をかけた。

彼女がケースを開けると、ギターではなく身の回りのものが一揃い入っていることがわかった。下着に歯ブラシ、欠けた手鏡、靴下、カーディガン、本が二冊、色鉛筆の入ったペンケース、くし、マッチ数箱、空のフィルムケース、ビー玉三つ、万年筆、それから新聞の切り抜きがいくつか。それから――彼にとっては屈辱的だったが――、避妊具の箱も一つあった。

洗練された旅の仕方だとエックスは思った。

崖の近くに着くと、潮は引いていた。しかし、風が少し――それまで木々の枝の間で眠っていた巨大な鳥のように――起きると波は勢いを増し、粘土に覆われた岩をはい上がって沖積層の上を駆けめぐった。波に打たれ穿《うが》たれて、崖はときおり崩れ落ちる。波間に潜った大きな塊の角だけが顔をのぞかせて海のにおいと風にさらされるが、それ以外の部分は沈んだままだ。ひどくねじれたり尖《とが》ったり極端な形をした塊もいくつか、遠くで怪物のような頭をのぞかせる。ときに、崖の片側では海面が低く、波はおとなしくて沖積層をなめるほど上まで達することはないのに、もう一方では波が荒々しく打ちつけて崖を駆け登り、波頭に白い泡が立つようなこともある。カモメや恋人たちが好むのは後者の側であり、そこはたどり着くのが大変なところなのでひっそりしている。頂には、溶岩流か潮風の錆《さび》で身動きがとれなくなった見張り番のようなカモメたちの姿がしばしば見られる。彼らが生きていることがわかるのは、鋭い鳴き声が、火事の知らせか船の木材がきしむ音のように、風を渡って聞こえるときだけだ。それはカモメたちが漁か――海面の広い範囲にわたって行う魚獲り――、もしくは交尾の前の儀式的な飛翔を始めたことを示すサインだった。

海岸のそちらの側には、ライオンの頭や高慢なペルシャ王の横顔に見える岩がある。

岩壁が入り込み、張り出し、歪み、突出し、頂にかけて不規則な輪郭を描く険しい崖には、二、三の洞窟が見える。一つ目の洞窟はとても小さく、小ぶりの鳥か、せいぜいハイタカが巣をかけるぐらいのスペースしかない。二つ目は幅が広いが奥行きはあまり深くない。丈は最初の洞窟よりも少しだけ高く、入り口に草が生えている。

ほんとうに洞窟らしいのは三つ目だ。崖の途中に開いた洞《ほら》で、へりが崩れることもあり、下からではほとんどそれとわからない。目の錯覚で、幅も奥行もない小さなくぼみのように見えるのだ。だが実際は暗くて深い本物の洞窟で、岩に穿たれたその喉は、何人もの人が逃げこめるほどの大きさがある。

言い伝えによれば、一八世紀のこと、女たちがその洞窟を拠点にし、外から来た侵略者に立ち向かって島の自由を守ったことがあるそうだ。海岸で応戦していた男たちは頭数でも武器でも敵に劣り、打ち負かされて後退を余儀なくされると、ばらばらに逃げ出してしまった。他方、島の女たちは崖に登って隠れた。身を守るため洞窟へ逃げ込んだかに見えたが、その途中で、負傷した兵や死んだ兵たちの武器を拾い集めていた。侵略者たちが勝ち誇って船から降りて来ると、女たちは弾丸の連射で出迎え、それはあたかも、海岸の隅に戦略的に配置された大軍から放たれているかのようだった。

こうして奇襲をかけられた侵略者たちは、勝利によろこんだのもつかの間、怖気《おじけ》づいて再び船に乗り込み、たちまち逃げ帰って行った。

月が海の水を引き寄せる力を持つことは、古くから知られている。遠く空に浮かぶ銀色の磁石は、海水を引き上げてゴツゴツした岩の塊やその突き出た部分を覆い隠し、あるいは水を海の底へと退かせ、水深を浅くして波の勢いを静める。海の底に隠れて住んでいる生き物たちが秘密の姿を現すのは、そのときだ。

松明を——世界から見えないよう隠して——かかえこむ闇の天使の左側に位置する、タペストリーの円環の別の部分には、水の上に浮かぶ円が描かれている。そこには次の文字が読める。Fecit Deus firmamentum in medio aquarum（神は水の間に大空を造った）。天の創造を象徴する箇所である。

旅一一四　神の村

初めにことばがあり、それから省略形ができた。ときおり、神の村《プエブロ・デ・ディオス》には幻視者《アルシナード》がやって来る。よその男や女だ。彼らはちぐはぐな言語をとり混ぜて話し、それが全体として文＝祈り《オラシオン》になっている。（オラシオンという語がもつ二重の意味を忘れてはならない。彼らは説教者なのだ。）預言者がことばを発するのは人に理解してもらうためというより人を従わせるためであり、話す内容と同じぐらい全体の音調が重要になる。（次のように言い換えてもいい。初めに比喩があり、それから省略形ができた。）諸言語の持つ語彙を古い順に並べてみると興味深い結果が得られるが、ほぼすべての言語において最も古い単語の一つに「太陽」がある。理由を説明するのは難しいことではない。さて、太陽は男性なのか女性なのか？　エックスが微妙な気持ちを抱きつつ愛好するボルヘスの教えるところによれば、文法上の性を持つゲルマン系の言語では、太陽は女性名詞なのだという。グアラニーの人々の間でも、そして興味深いことに古代日本の創世神話でも、太陽は女の神として語られている。

よそからプエブロ・デ・ディオスにやって来る幻視者たちは、ほぼ全員、アリギエーリが暗い森に迷い込んだという年齢よりも若く、どこか遠い所から突如湧いて出たか、自身から生まれ出たかのように思われる。なぜなら、彼らは出自を語らず、荷物を持たず、道連れもいないからだ。村人たちは、あのヘブライの預言者がやって来たときと変わらず、彼らの通る道に群がったり迎えに出たりはしない。幻視者たちはそれをあまり気にしていないようであり、それというのも、説教の目的は詩と同様、それ自体のうちにあると思っているらしい。

預言者があまりにたくさん現れるので、その権威は失われた。啓示が有効であるためには、奇蹟と同じでめったにないということが条件になる。奇蹟があまりに頻繁に起きれば、現実と幻想、願い事と報いの間にあるデリケートな均衡が崩れ、奇蹟を生じさせていた土壌が損なわれてしまうのだ。

数年前にプエブロ・デ・ディオスにやって来てそのまま島に住みついたモリスという人物が制作した地図によれば、この島は、とりわけこの村の特定のエリアは、世界に存在するいくつかの神秘的な極のうちの二つである。彼はその根拠として、海底の磁気、山の内部を構成する岩石の鉄分、月の位置、どちらかといえば温暖な気候、雨がほとんど降らないこと（預言者たちは常に北方地帯から逃れていった）、そして昔の宮廷人、多方面の著作家、神学者、詩人、信仰の擁護者にしてコニャック蒸留技術の開発者であったあの人物が複数回（全部で五回）にわたってこの場所が宗教的な波動の中心であるとの啓示を受けたことを挙げている。

グラシエラは地図が好きであり、中でも古地図が大好きなので、彼女とエックスは島に住みついたエキセントリックな外国人、モリスの家をたびたび訪れるようになった。エックスは彼の家にあるパイプのコレクションや中世の書物、ヴィクトリア女王の肖像切手――肖像の脇の飾り模様には版番号

（一八五八）が暗号のように刷り込まれており、蝶の翅《はね》の模様と同じようにルーペを使わなければ見えない——を収めたアルバムに、ほどほどの関心を抱いている。

「蒐集家《しゅうしゅうか》って情熱的だよね」とグラシエラは言う。「いずれにせよ、官僚よりずっと面白そう。」

ことばはね、グラシエラ、ささやかな情念なんだが激流を生んでわたしたちを振り回すもので、ことばを扱うには外科医のメスと同じぐらいに正確さが必要なんだ、使い方次第で信仰の表明にも冒瀆《ぼうとく》にもなるから。あるとき君がお父さんに向かって「官僚」と言ったら、お父さんの手が君の頰に飛んできて君はびっくりしただろう。幼いこどもがよく知らないことばをしゃべって、前に同じことばをつかったときはよろこばれたのに今度はおかしな雰囲気になってしまい、どうしてだろうと不思議がるみたいだった。そんなふうにして、一見すると害にならないことばで書かれているはずの本が禁じられてきたんだ、古くから存在する疑念をかきたてるものだという理由でね。その疑念は罪深いものだ、空想の中では疑わしくない国家も人も存在しないのだから。

情熱的な蒐集家の家は、山に向かう途中にある。石造りで扉や窓は少なく（ほとんど開口部を備えていない、とモリスは持って回った言い方をする）、巨大な前庭はたくさんの木々や草や藪《やぶ》に占拠されているので、立ち並ぶ木の幹や伸びた枝の間にモリス自身が開いた秘密の道を知らなければ分け入るのは困難であり、選ばれた人だけが通れるその道は、彼が最大級の友情の証として、秘密を守るという約束を取りつけたうえで渡す地図に記されている。彼が何年も前にグラシエラに贈った地図にはゴシック体で「複製、売却、譲渡、展示を禁ずる」と書かれており、その日モリスは流れの速い川のほとりで、飼っていたイワガメを逃がしてしまいもう二度と会えないだろうと泣いているグラシエラに偶然出会ったのだった。それ以来グラシエラは定期的にモリスのもとを訪れるようになり、そのことで村の人たちが騒ぎ立てないはずはなかった。彼らは奇妙な関係を結んでいると思われており、動物性愛の噂さえあったが、それはグラシエラがある種の動物（馬とヘビとビーバーと鹿）に対する情熱を示していたし、モリスの趣味がエキセントリックで、しかも一人でいることを好むためであり、彼はほとんど家から出ず、たまに外出すれば不自然な話し方が人に不審感を抱かせるのだった。（モリスの言い分によれば、修辞的な話し方をするのは一六世紀の作家や哲学者の本を読んでこの土地のことばを学んだことによるものだということだが、そのような説明はさらなる不審感を生む原因になる。そんな本を読んだことのある人は誰もいなかったし、大半の人は聞いたことさえないが、それでもこれまで立派に生きてきたし、食事をし、交わり、土地を買い、家を売り、工場を建て、商売をたちあげてきた、ということから、そんな知識はなくてもかまわないという結論が導かれるのだ。）

グラシエラはモリスのもとへ行くのが習慣になった。彼女の訪問をよろこんだ彼は、宝物をすべて見せてやり、教育し――昨今の教育が嘆かわしい状態にあるためだと彼は言う――、彼女が親の家から、そして、つまるところ官僚である（ということは権威主義的である）父のもとから逃げ出そうとするたびに思いとどまらせ、そしてかわいがって大事にしたが、過保護にすることも自由を阻害することもなく、自分のようになれとか自分に欠けているところを補ってくれと強要することもなかった。また、彼自身の活動があるおかげで――蒐集に関わる諸々の仕事は細心の注意と集中力を必要とする――、グラシエラへの教育が互いにとっての隷属状態に変わることはなく、むしろ共通の楽しみ、気晴らしになったのだ。

グラシエラがモリスの家を訪れるときはいつも手みやげを忘れず、師匠の孤独を守る秘密の道をめざして急ぐ途中で、鶏肉やハム、ワイン、スイカ、カボチャ、トマトなどを調達して行くのだった。一方、帰るときには（モリスはとても慎重で、あらぬ噂が立つのを嫌ってこの娘が遅くまで自分の家に留まることを避けたのだが、彼にはうっかりしたところもあり、グラシエラは一二時を回ってしばらく経つ頃まで居座ることに何度も成功していた）、珍しい切手（絵柄が上下逆に印刷されたものや刻み目の不揃いなもの）、もはや読まれなくなった本（モリスが言うには《ほんとうに面白くて読む価値のある数少ない書物》）、独特な模様の蝶（アマゾンの密林で捕獲され、信じられないような書簡のやりとりを通じて現在の所有者のもとにたどりついたもの）など、何かしら持ち帰らないことはなかった。（モリスはほとんど家から出なかったが、その代わりに大量の手紙をやりとりしており、村で唯一の郵便配達人の不興を買っていた。その配達人はすべての同業者と同じく自分の仕事が大嫌いで、手紙のやりとりが禁じられた世界を夢見ていたのだ。）モリスには出身地も年齢も様々な文通相手がいたが、性別を問わず彼らと実際に会うことにはまったく関心を示さず、それというのも手紙の方が書いた人よりも素敵であると考えているためであり、文通が作りだす透明な謎の部分さえあれば彼には十分だったのだ。彼は幻滅を恐れていた。一度だけ、ある人――週に二度の手紙のやりとりを三年間続けただけでなく、鱗《りん》翅目《しもく》や古い絵葉書や貝殻や一四年の大戦の電報も贈り合った女性――が、旅行で島に行くつもりなのであなたに会いにプエブロ・デ・ディオスまで行こうと思うと書いてきたことがあったが、モリスは非常に警戒して突然重い病気にかかったことにし、しかもその病気は伝染するので隔離されていなければならないと書いた。

家への道のりが困難なおかげで、モリスは望まない訪問客や巡礼者から、そして、彼曰く「混迷した欠乏の時代」である現代にあふれる浮浪者から、守られていた。それを聞いたエックスは、権力の特権に浴さない者にとってはいかなる時代も混迷した欠乏の時代だったのであり、我々の時代と昔の違いは、迫害者の人数や方法の体系化、迫害に適用される理屈の冷徹さとそれが生む精神錯乱だけだと主張した。「あらゆる迫害のもたらす譫妄《せんもう》の如《ごと》し」とモリスは芝居がかった口調で言い、珍しいパイプ（彫刻入りの火皿がついたものや海泡石《かいほうせき》でできたもの）と並んで書斎机の上に置いてある地球儀に向かうと、抑圧的な権力が誕生したすべての場所に黒いピンで印をつけていく。地球儀上でピンの刺さっていない場所はわずかしか残っていないばかりか減るいっぽうで、モリスは来る日も来る日も、幻滅し憂鬱な気分でピンを刺していき、木製の三脚に載った地球儀の姿を残念な気持ちで眺めるのだが、唯一空いているのは海の部分だった。《それだって》とエックスは言う。《川底や海岸や遠浅の浜で、体の一部を切断された死体がたびたび見つかることは考慮に入れてない。拷問を受けた末に海に投げ捨てられた体が、海藻みたいに岩礁や砂州にひっかかるんだ。こうした海辺の墓地は、君も知ってのとおり、ヴァレリー（安らかに眠りたまえ）のそれとはまったく別物だよ。》《しぃぃ》とモリスが言う。《静かに。こういう話はしない方がいい。しかも悪趣味じゃないか。海に潜った漁師たちが海中で女性の無残な死体を見つけ、怯えてしまい為《な》す術《すべ》もない、なぜなら死体を見つけたと通報すれば自分も罪人になるからだ。美しい海岸だが、もはや波間に浮かぶ神秘的なガレー船も漕ぎ出す白いボートの姿も目にすることはなく、どこかを切除されたおぞましい顔が出現するばかり。そんな海辺の墓地がいちばん多いのはどこの海岸だと思う？　公正を期するために、その海と毒された水域にもピンを刺そう。》そして、ケースから黒いピンをいくつか取り出す。

「だから」とエックスが言い足す。「海域を通過する大クジラと小さな魚たちがいる。シャチにイッカク。海綿動物とスズキも。」

暗くなる。彼らは電燈をつけ忘れることがあり、そうすると庭の影が、樹齢一〇〇年のイナゴマメのねじれた幹やからんだ枝の影が、遅れて到着した客のように家の中へ入ってくる。

旅一一五　失われた楽園

ゴードンの到着は、プエブロ・デ・ディオスを大いに沸かせた。近年、他にも多くの有名人、奇人変人が飛行機や船で、あるいは信じられないような乗り物（気球やガレー船や筏《いかだ》）に乗ってやって来たが、ゴードンにはプエブロ・デ・ディオスに住みついた大勢のよそものとは違う特別な点があった。彼はただ一人、月に旅したことがあったのだ。

錫《すず》張りのカウンターに肘をつき、村でいちばん古いバーで、トタン屋根の天井から吊り下げられた大きな生ハムがゆっくりと油を滴らせる中、ゴードンは月への旅について何度もくりかえし語るのだが、その旅は地球の時間でちょうど五日五晩続き、その軌道は地球上のさまざまな場所に設置された巨大な研究所や管制センターによってコントロールされていた。あれからもう何年も経ち、人々は彼のことをすっかり忘れてしまった。現実というものが持つ議論の余地のない重みの前では、驚異も無力なのだ。ありえないことだとゴードンは思った、五日の間ずっと飛行のことを気にかけていたあの人たちが、鳥肌の立つような月面に最初の数歩を刻む姿をじっと見守っていた人たちが、祝福の手紙を送ってくれた数え切れないほどの人たちが――山積みになった手紙は、三人の秘書が一日八時間態勢で返事を書いても、すべて返信し終えるまで一年かかるほどたくさんあった――、地球に戻るときには彼の無事を祈ってくれた人たちが、いつもの仕事に戻り日々の雑事に追われるようになるとすぐにあの偉業のことを忘れてしまったなんて。しかしゴードンにとって一番の驚きは、彼が初めて宇宙空間での散歩を経験し、白銀に覆われた月面の穴を見物して歩いたあの時間を画面越しに共有した人たちが、砂ぼこりで覆われた途方もなく大きい海がそこかしこに開けている月面や催眠的な重力で吸い込まんばかりのクレーターを彼と同じように見た人たちが、以前と何ら変わらず暮らしていられることだった。月へのノスタルジーを感じず、彼を苛《さいな》んでいるあの欲望を抱くこともなしに。

「月に旅をして以来頭がおかしくなって、ふつうの生活ができなくなった変人が島にいるんだよ。神経の病気とかそんなのなんだって」とグラシエラがエックスに教え、彼はそれを聞いて驚く。「月に恋してなんて、歌謡曲みたいじゃない？　すごく面白い人だよ、つきあい方さえ心得てれば。引退したのか辞めさせられたのかよく知らないけど、今はこの村に住んでて、ほとんどいつも酔っぱらってて、月の砂を入れた袋を大事に持ってるらしい、そんなの嘘で実はおじいさんの遺灰なのかもしれないけど。会ってみたくない？　たまには面白いことも言うし。」

到着したばかりの頃、人々は彼の話を聞きに集まり、たくさんの質問を投げかけた。月では寒かったのか暑かったのか。移動中、乗り物酔いはしたか。何を食べたか。歩いているときにクレーターに落ちそうになったというのはほんとうか。月ではどんな木や植物が栽培できそうだったか。宇宙は透明なのか。遠く離れたところから見る地球はどんなふうに見えたか。あのようにことが進まなかったら、いったいどうなっていたと思うか。無神論者なのか。悪夢は見るのか。月面に小便してみたくなったか。月への旅の報酬はどのぐらいもらったか。あの宇宙服は快適だったか。こどもは何人いるのか、あの数日の間に奥さんが不倫したというのは事実なのか。

ゴードンは、自らの体験談を綴《つづ》った未刊の原稿を見ながらこうした質問に何度も答えたのだが、飛び立つ前にサインした契約書によれば、その体験談は宇宙研究局の許可がなければ出版できないことになっており、局が出す本と競合するため許可は決して下りないだろう。その埋め合わせとして、地球に戻った彼には（株）ラ・ルナールというバス旅行会社の社長職と国際的な某ホテルチェーンの理事職が与えられ、さらには大手清涼飲料会社の顧問に任命されたが、そのポストと引き換えに、オレンジエードの蓋《ふた》を開けると宇宙服を着た彼の写真が出てくることになった。世界各国で彼の肖像とサインの入った切手が印刷され、彼はそうした切手の初版をすべて一シートずつ持っていた。

プエブロ・デ・ディオスには他にも著名人がいた。イギリスのすばらしい詩人が一名。彼の本はどこを探しても手に入らない。今では年老いて記憶を失い、長椅子に横になって乳児のように不明瞭なことばを発している。あるテレビ局が、彼の書いた唯一の小説を原作にしてシリーズもののドラマを撮影し、彼の財産相続人たちは金持ちになったが、その人たちはこの島の気候を嫌って一度も彼を訪ねに来たことがない。北米の物理学者もいるが、彼は重度の電気恐怖症になり、勤めていた研究所を飛び出してプエブロ・デ・ディオスに身を寄せると、電気も水道もない家でロウソクを灯して暮らすようになった。善良な男で、彼の前で機械を使ったり、電動ひげそりやミキサーや洗濯機への愛着を示したりしなければ、すこぶる愛想がよかった。それから、テレビの喜劇女優。若さの絶頂で引退した人だ。結婚式の執り行われた晩――彼女の所属していた局が式を撮影する権利をかなりの額で買っていた――、彼女は式の途中で突然逃げ出し、逃げる途中で靴を片方なくし、そして式場には二度と戻らなかった。彼女はテレビ局に訴えられ、受け取った金を返さなければならなかった。夫には、すでに自分で返していた。これは彼女の演じた最高の喜劇だと考える人もいたが、彼女自身はそれ以降、自分のいる前で「結婚」という語を発することを誰にも許さなかった。

プエブロ・デ・ディオスには、有名な強姦魔もいた。彼は三つの都市をパニックに陥れた末、ついに逮捕された。ところが、その仕事に従事する前は警察官だったことが判明すると、すぐに釈放された。彼は結婚してプエブロ・デ・ディオスに居を構えた。強姦するのは村の外に限るという条件で居住が許され、感じがよく性格もよい上に犬好きだというので皆から好かれている。最近では、強姦の対象を観光客に限るという気づかいさえ見せている。

時が経つと、村の人々もゴードンに飽きてしまった。彼が月に再び赴《おもむ》くことはなく、話に変化がなかったのだ。

「またあそこに行きたいんです。」二人が知り合った夕方、彼はエックスに打ち明けた。「ほんとうのところ、この世での望みはそれだけです。」

「あの世での、でしょう」と容赦のないエックスは正した。二人はしばらく前から一緒にウィスキーを飲んでいて、適度な友好関係を結んでおり、エックスは彼の話を興味深く聞いていた。

「ところで」とゴードンが不意に口をはさんだ。いつもの彼は一人語りに没入し、話し相手がいることに気づくことはない。しかし今回は、ウィスキーが最悪だったからか（ゴキブリか何か虫でも入っているんじゃないかと、グラスの底を何度ものぞきこんでいた）、あるいはエックスがプエブロ・デ・ディオスの新顔だったからか、少しは注意を払うことにしたのだ。「あなたはどこのご出身ですか？」（そう言うと、ネズミのような灰色の瞳で彼をじっと見た。月に旅したまま戻ってこない、好奇心旺盛で落ち着かないネズミの目で。）

「ぼくは亡命者なんです」とエックスはむせながら早口で言った。この答えを言わなくてはならないときはいつもこうなるのだ。

「すばらしい！」とゴードンが言った。「つまり、あなたもどこかから追い出されて、そこに戻れないんですね？　亡命は大変ですよね！　どれほどつらいことか！」「人は誰だって、何かからの、あるいは誰かからの、亡命者で」とエックスは応じた。「ほんとうのところ、それが人間に与えられた真の条件なんです。」

「夜は特にね」とゴードンはエックスの声が聞こえていなかったかのようにことばを継いだ。「というのも、月のことを考えずにいられなくなるのは夜が多いんです、私がこの足で踏んだ、この足のすぐ下にあった、白い月面のことをね。あのときは、ずっと月にいられるような気がしていました。夢中になっていて、時が流れていることに気づかなかったんです。それに、時間とはいったい何なのでしょう？　誰か答えられる人がいるでしょうか？　あれほど遠い場所に旅をしたら、時間なんてばかげた取り決めだってことがわかりますよ、当事者同士の合意とか部族の戒律みたいなもので、便利だという以外に何の根拠もありません。私は急いではいませんでした。ゆっくりと、狭い歩幅で進みました。怖かったわけではなく、畏敬の念を抱いていたんです。おわかりですか？　私は敬意のしるしとしてゆっくり歩いていたんです、画面で見ていた人たちには理解できなかったでしょうが。あんな灰の湖は見たことがないしあんなプラチナ色をした地面もどこにもない。あれほどの景色はありません、ほんとうに。カリフォルニアの砂漠が月の上にあるのを想像できますか？　クレーターは大小様々で、一つとして同じものはないんです。近づいてのぞき込むと、ぐるぐる回転しているみたいでした。ところであなたは、あの放送でクレーターを見ましたか？」と、残りの酒（ひどい味のするウィスキー）を飲みながら彼はエックスに訊いた。「私たちは月に着くと（覚えてらっしゃるかわかりませんが、月への旅には二人の役立たずが一緒でした。使い物にならない阿呆、詩的センスのかけらもない奴らで、今ではヨットに女を大勢つめこんで世界中を遊び回ってます。しかし世界とは何でしょうね？　タマネギの皮にすぎませんよ、ほんとうに）、シャンパンで乾杯したんですよ、船の進水式みたいに。それであなたはクレーターを見たんですか？　見てないんですか？」

「どうやら、放送中に眠り込んでしまったようなんです」とエックスは白状した。「あの頃は大変な、とてもつらい時代でした。大勢の人がつけ狙われていて、ぼくもいつも気が抜けなかったんですが、あの晩は眠れました、これほどの重大な出来事なら追手も仕事を放り出してテレビを見るに違いないと思っていたら、眠ってしまったみたいです。もちろんぼくも月への旅に興味はありました、つまりあなたの姿をちゃんと見たいと思っていましたし、実際に画面を見つめていたんですけど……。いや、確かにあなたはシャトルから最初に降りたあの人ですね、あやつり人形みたいな恰好で、あの巨大なブーツの底をゆっくりゆっくり月面に下ろしてましたよね、静かな、でも確実な足どりでした……」

「それじゃあ、あなたも眠ってしまったんですか。不思議には思いませんよ。というのも、なんとも奇妙な現象が起きたんです。まだちゃんと解明されていないんですが（それも当然です。宇宙研究局の怒りっぽい奴らからはこの話をしないよう口止めされてるんですが、あなたには打ち明けましょう。あなたも私も追放された身ですから。これは臍《へそ》の緒みたいに強い絆です）、放送を見ようとしていた大勢の人たちが経験したことです、その人たちはしっかり目を見開いて月面着陸の場面を注視していたんだそうです、歴史に刻まれる重要な出来事でしたし、将来こどもが生まれたら、どんなだったの、何が見えたの、月はどんなふうに見えたの、なんて聞かれるだろうと思ってじっと見ていたはずなのに、いつしか睡魔に襲われて昏睡状態のようになり、目を覚ましたときには放送は終わっていたというんです、コストがかさむというばかげた理由のために、腹立たしいことにテレビ放送は切り上げられてしまいました。だからあなただけじゃないんです。実は私自身も月面に降り立った瞬間、眠気に襲われたんです。どうしてあなたにこの話をするのかをわかった上で（と男は言い切った）、自分が何の話をしているのかもわかった上でお話ししますが、私は月が一種の磁力というか催眠効果を持っているのだと確信しています、何光年も離れた遠いところまで届く力です。」

「そんな話を、たしかドイツのロマン派詩人で読んだことがあります」と、すっかり酔ってしまったエックスは注釈した。「ジャン・パウルとかリヒターあたりの誰かです。」

「その人たちは宇宙飛行士だったんですか？」と訝《いぶか》しげにゴードンが訊いた。

「まあそんなところです」とエックスは答えた。「彼らも旅をしていましたから。」

「ドイツ人の言うことは信じませんよ」とゴードンは猜疑心《さいぎしん》を露わにして言い放った。「いつも、自分たちはあらゆることに先んじているって言いふらすんですよ、ロシア人と同じだ。劣等感というやつなんでしょうね、宇宙心理学でじっくり学んだことがあります。」

「美しい科目だ」とエックスは言った。

「ということは、クレーターは見なかったんですね」とゴードンは続けた。天井に吊り下げたハムから油がしみ出してゆっくりと滴り落ち、エックスは砂時計に見る時の流れを思った。

「石でできてるんですか？」と彼は形ばかりに訊いた。

「わかりません。」ゴードンは急に悲しそうな表情になった。「その場では何も調べられなかったんですよ。獲物を捕える動物みたいに、手に入れては蓄え、蓄えてはまた手中に収めるだけでした。研究は後日、蜂の巣みたいに無限に細分化された研究所で行われることになっていた。私たちは蜜蜂だったんです。」

「どんな蜜を集めたんですか？」とエックスは興味を持って訊いた。

「美しいクレーターですよ。たくさんの臍を見たことがありますか？」

「そこそこです。」エックスは無難な答えを選んだ。

「あれほど美しい臍の数々は他に見たことがありません。」

「どんな物質でできてるんでしょう？」彼の口ぶりに興奮したエックスは訊いた。

「月にいると何もかも忘れてしまうんですよ。愛の悲しみも、宇宙開発予算の額も、所得の申告も、こどもたちのごたごたも、何もかも……おそらく、死のことも」と彼は少し威厳のある様子で続けた。これこそ宇宙飛行士にふさわしい態度だとエックスは思った。宇宙の美しさを垣間見た後に宇宙から永遠に追放された男、そのとき以来郷愁に駆られながら人間だらけの地表をさまよう運命を背負わされた男に、まさに似つかわしかった。

「困るのは」と間を置かずにゴードンは話し出した。「もう二度と戻れないことです。」

「誰かが言ってました（すみません、ホラティウスだったか、ウェルギリウスだったか）、ぼくたちは常に、留まれば永遠に幸せでいられたはずの場所を立ち去るものだって。」

「最初は」とゴードンは言った。もはやエックスの話を聞いてはいなかった。「こんな郷愁を感じることになるとは思ってもみませんでした。そんなこと想像がつくでしょうか？　目に映るものにすっかり感動して、夢中になっていたんですから。静かな宇宙の、計り知れないあの広がり。宇宙は口をきかないと言ってもいいぐらいですが、でも耳に聞こえる沈黙なんです。ほとんど感知できないほどの音で、不意に小さなナットが回ったとか、繊維が一本よじれたとか、蛍が一匹飛び立ったかのような、かすかな音がします。最初、あの静寂には恐怖を抱いてしまう。宇宙的な静寂ですからね、わかっていただけるでしょうか。広がりや空虚と関係のあることです。あの静寂は果てしなさと関係があるんです、それを理解するには瞑想が必要とされるようなものが。そのうち、あの空間と静寂の虜《とりこ》になる。それなしでは生きられなくなる。魅力を感じる分野は他にないわけです。私は妻と離婚しました。嫉妬されたんです。もっともなことでした、もはや私は女性に魅力を感じないのですから。私の頭は思い出すことや記憶を組み立てることでいつもいっぱいでした。あのときの撮影テープを一本もらいました。何回も見ましたよ。でも何の役にも立ちませんでした。私の記憶の方がはるかに美しいのです。私は確かにあそこにいたのに、留まることができなかった。地上にいると、私は途方に暮れてしまうんです。これらの車は、家は、群衆は、騒音は、いったい何なのでしょう？　月の表面の、氷でできたような、それでいて内側は柔らかい（いや、少し違います、何と言ったらいいのか）に違いないと直観的にわかるあの感じと比べてしまうと……。それにあの鉛のような砂漠。月にはたくさんの海と砂漠があることをご存じですか。ふつうの海や砂漠じゃないんです。まったく別物です。言い表すことのできない別物なんです、というのも、ことばで表すには自分が知っているもののイメージを使わなくちゃならないでしょう、でもあれはそもそも違う範疇《はんちゅう》のものなんです、たとえば神のように。」

「最悪なのは」ゴードンはすっかり一人の世界に入って続けた。「決して戻れないのがわかっていることです。いいですか、決して再び戻れないんですよ。ひどいと思いませんか？　遠くから見るだけで二度と近づくことはできないと思い知るわけです。すでに行ったことのある人は、もう連れて行ってはもらえないでしょう。しかも私は信用されていません。太っているし、飲みすぎるし、離婚したし、ビジネスはすべてやめたし、おしゃべり好きだ。彼らにしてみれば、だめな宇宙飛行士です。あの経験に耐えられなかった者なんです。」

「診断は何なんですか？」とエックスは訊いた。

「宇宙精神病」とゴードンはつぶやき、ウィスキーをもう一杯頼んだ。

すっかり酔いつぶれた二人は、村の噂によれば、バーに何時間も居座ったあげく、彼らの会話に辟易《へきえき》した店主に追い出されたらしい。店主はハムを燻《いぶ》さなければならなかったし、店の中で自分のウィスキーにケチをつけられるのがもう我慢できなかったのだ。

二人は連れ立って店を出ると――外は夜で、ラベンダー畑からいい香りが漂ってきた――、村を歩いて浜辺を目指した。彼らは誰にも理解できない話をしており、もしかすると自分たちでもあまりよくわかっていなかったのかもしれない。二人は村で一軒しかない薬局の前を通り、彼らの大声に起こされた薬屋のおかみさんは、世の中には月に行ったら行儀が悪くなって帰ってくる人がいるんだねと嫌味を言った。その後、彼らはパン焼き窯《がま》の脇を通った。パン屋は二人の話し声を聞いて窓から顔を出し、大きな声で、国を追われるのも無理ないような奴らがいるのは確かだが、そいつらが流れ着く国の方は大変だよと言った。ゴードンは石を投げたが、あさっての方向に飛んで行った。(《戻ってからというもの》と彼はエックスに言った。《物の重さがよくわからなくなってしまったんです。宇宙ではまったく様子が違いましたからね!》《でしょうね》とエックスは応じた。《無重力ですから。》)

角を曲がるとガソリンスタンドがあり、この日はもう閉まっていた。ゴードンは、じっと動かない給油機を指さして笑った。「まだこんな燃料で移動する人がいるんですからね!」エックスは、自分は以前から歩く方が好きだったと言った。「まったく同感です」とゴードンはうなずいた。「自分の足が未知のものの上に乗ると、ある種の形而上的な震えが起きるものです。」知恵のある文句だとエックスは思った。

よろめきながら、二人はどうにか浜辺にたどり着いた。星のない、深い夜だった。遠くには岩々の輪郭が見えた。砂の上には誰もいない。風もなく、係留されたボートもなかった。空を見上げると、威厳に満ちた見事な丸い姿から白い光があふれている。かすかな波音だけがそっと震える夜のしじまに、月が君臨していた。

「彼女だ!」ゴードンは興奮して叫び、少年のように浜辺を駆け出した。様々な角度から月を眺め、もっとよく見ようと姿勢を次々に変えながら、すっかり見慣れた海や湖、水銀の砂漠、磁力を帯びたクレーター、その不透明さや深い井戸の姿を再確認していった。
「ごらんなさい、何て美しいんだ！」と彼は興奮してエックスに言った。
用心深いエックスは、行ったきり戻ることのできない旅もあるのだと思った。

この前に述べた部分と対称を成す部分、つまり巡歴する光の天使の右どなりにも、円がある。その中には、髪の先端が炎になっている男性の頭部とSol（太陽）という語が書かれている。その横にある別の小さな円には女性の頭部が描かれており、頭上に月の四分儀が立てかけられ、その像に月《ルナ》という語が添えられている。星々もあり、よく見られる様式で描かれている。銘文には、Ubi dividat Deus aquas ab aquis（神が水と水を分けたとき）とある。星々の間に、firmamentum（天球）の語が省略形で書かれている。

タペストリーの下方にあり円環の最も広い部分を占めるのは、祝福を与えるパントクラトール像の下に広がる、鳥たちと魚たちの壮麗な世界である。前者には volatilia celi（空の鳥たち）、後者には cete grandis（大きな海獣《ケートス》たち）との銘文が付されている。鳥の絵は実物とさして変わらない。翼を広げて飛び立とうとする姿で、短い三角のくちばしを持ち、どの鳥も空（ここではパントクラトールのいる円にあたる）の方を向いており、とても機敏そうな体つきをしている。鳥たちの下を見ると、空と海の線の間に隔たりはないが、水中に小さな魚たちと大きな海獣たちがいる。とぐろを巻いて黒い頭を空の方に向けた海へビが一匹と、あまり写実的でない描き方の二匹の海獣。一匹は犬の頭に爬虫類《はちゅうるい》の体、大きな赤い甲羅《こうら》を持ち、しかも鰭《ひれ》が二ついている。もう一方はワニの顔にロバの耳、尾は魚という姿だ。タペストリーの下方に大きく陣取っているので、あたかもこの海獣たちが天地創造の最も重要な部分を成しているかのように見える。それに比べると、魚も、そして赤いカニさえも、だいぶ小さい。

昔の船長や船乗りは、宇宙（天と海と地）を誰よりもよく知っていたばかりか、世界の様子を皆に話して聞かせたり伝説を語り伝えたりし、また神話に詳しい存在でもあった。知識と旅人の運び手である彼らの記憶は――ときには彼らの書いた文章は――、知識の源泉であり、一つの伝達手段であった。異国の植物の名や薬草の効能、動物の習性、様々な航路上の空の様子、いくつかの単語の起源、古代の哲学書や寓話の本に描かれた多くの図像の起源を知りたければ、彼らに尋ねる必要があった。何世紀もの時が経ち、天と海と地が神秘性を失って人間の空想や怖れの対象が人間自身に取って代わると、つまり夜の獣よりも隣人を警戒するようになり川の氾濫よりも軍の将官の方が危険な存在になると、船長や船乗りが持っていた古来の特権的な役割は失われた。彼らは書くことをやめ、交易と戦争が最も重要な任務となった。その記憶が旅をしない人々に感銘を与えることもなくなった。旅は安全になり、短くなった。そして、面白みがなくなった。

もしかするとタペストリーを織った無名の人物は——仮に織り手が一人であるとして——、船乗りや船長が海の底に棲《す》んでいるという怪物たちをどのように描写したか、知っていたのかもしれない。幻燈のような稲妻の光の下、不運にも帆柱が裂けつつあるときに一瞬だけ姿を見せる怪物たちが、轟音を立てて遠くから脅かす濁った大海原にわずかに顔をのぞかせる怪物たちが、海底の住処《すみか》を追われることはなかった。彼らの出現はまったく予測不能で突然に起き、大混乱を巻き起こしたものだったが、それでも、濁流に銛《もり》を打ち込む怖いもの知らずの銛打ち師や、夜闇の中で幻の輪郭をたどり怪物の姿を描く者が必ずいた。

タペストリーに描かれた海獣たちは人を怖がらせるようなものではない。それらは偉大なる天地創造の体系に、鳥や植物とともに調和のとれた形で組み込まれている。奇妙な生き物ではあるが、両頭のヘビ《アムピスバイナ》や蟻ライオン《ミルメコレオ》とは違って恐ろしげなものでも常軌を逸したものでもない。目立ちたがる様子も見せず自然に海中を行き来し、周りにいる魚たちはそれらと競合関係にあるわけでもなく危険を感じてもいない。

一六　モリス－地球の臍への旅

いつもどおりの暮らしが続いていた。つまり、エックスは汚染された海で釣りをしてはみるものの硫黄酸化物が心配で釣った魚を食べる決心がつかずにおり、モリスは山地に生息する鱗翅目の生態に関する研究を終えるところで、グラシエラは古代の共同体における破瓜《はか》の儀式について学んでいた。飼い犬のスタンリーは家に侵入してくる猫やその他の動物たち（特に訪問客）を追い回し、おしゃべりオウムのフェリクスは、エックスが教えたVegno del loco ove tornar disio（我、戻りたきところより来たれり）という詩の一節を抑揚たっぷりにくりかえしていた（周知のとおり、これはＢの住人ではなくベアトリーチェが発したことばであり、それは大都会《メトロポリ》の詩人たちが自分の臍《へそ》を見つめるようになるよりも何世紀も前のことだった）。戻りたい場所とはどこなのかとオウムに訊くような気の利いた人はいなかったが、モリスの見立てでは、きっとアマゾンの密林だろうということだった。

　そこに予期せぬ出来事が起きた。大都会《メトロポリ》、またの名を大臍《グラン・オンブリーゴ》という都市から一通の手紙が届き、その差出人はモリスの文通相手たちの誰でもなく、あなたの利益に関わる案件があるのでこちらにお越しいただきたいということだったが、手紙の日付は数日前のものだったのでその利益とやらが今も同じなのかモリスは確信が持てなかった。

グラン・オンブリーゴまで旅することは彼にとってかなり厄介《やっかい》なことだった。というのも、エックスとグラシエラが親切にも郵便物を運んでくれるので村の郵便局まで出かけて行くこともなくなり、彼の暮らしは完全に静かなものとなっていたのだ。

一大事に向けた準備はその夜のうちに始まった。モリスはひどく興奮して神経質になっており、オンブリーゴを恐れていたので何ごとも偶然まかせにはしたくなかった。

「迷宮《エル・ラベリント》でどう移動するか綿密に計画しよう」と彼は友人たちに言った。さっそく、机上に何枚もの白い紙と様々なサイズの地図を配置した。そこには主要な地勢や幹線道路、そして旅の途上で待ち受ける危険等が記されていた。

最初の問題は交通手段を決めることだった。船は即座に却下された。モリスは、難破するのが恐ろしい、泳ぎはできないし祖父は船の事故で亡くなったのだと語り（しかしグラシエラはそんなおじいさんの話を彼から聞いたことがなかった）、「他でもないタイタニック号だ」とつけ足したが、二人とも疑いのまなざしを向けた。飛行機は彼にとって激しい恐怖の源であり、モーターの音が我慢ならないうえに、閉所恐怖症なので、飛行機が墜落すれば開かれた空間に出て外の空気が吸えるというのなら落ちてしまえばいいと強く望むほどだった。

「できることなら、馬か徒歩で行きたいものだ。なぜ人間が馬という交通手段を棄てたのか私には理解できない。いささか遅いことは認めるが、比較にもならないほどずっと人間的だよ。それに、私は飛行機に乗ると吐き気がする」とモリスは主張した。

「馬にはもう乗らなくなったんだからあきらめて」とグラシエラが言い渡し、「飛行機で行くしかないよ。乗り物酔いに効く薬を持ってるから。今夜一錠、出発するときにもう一錠飲んで」と助言した。

モリスは薬の瓶を念入りに調べた。

「自分の分泌腺や内臓の代謝システムに正体不明の化学物質を入れるのは忌むべきことだが、乗り物酔いはさらにたちが悪い」と言うと、さっそく一錠飲みこんだ。

オウムはVegno del loco ove tornar disioと叫んでおり、一緒に連れて行ったらグラン・オンブリーゴでのさびしさが紛れるだろうとモリスは思ったが、動物を機内に持ち込むには檻《おり》に入れる必要があり、フェリクスはこれまでに何度も、自分は閉所恐怖症だと言っていた。モリスと同じなのだ。

二つ目の問題は服装だった。モリスは人の注目を集めるのが嫌いであり、唯一の望みは都会で誰からも注目されずにやり過ごすことだったが、質素になろうとしすぎて逆効果を招く場合もある。

「紺のスーツにベスト、白シャツ、灰色のネクタイで黒い靴じゃ、間違いなく人目を引くよ」とグラシエラが注意した。「大通りを歩く不審物みたいなものだよ。振り返ってまじまじと見られたあげく、いったい、いつの時代から来たんですかとか、もしかして私の祖先に会ったことはありませんか、なんて訊かれたりして。」

モリスは打ちのめされている。

「白地に赤いストライプのシャツを着て(《忌まわしい!》とモリスが叫ぶ)、ジーンズをはいた方がいいんじゃないかな。」

「ジーンズは肌に合わない」と彼は抗議する。

「肌荒れの方が、神経が荒れるよりましでしょ」とグラシエラが結論づける。

「とにかく」とモリスが話をまとめにかかる。「軽蔑すべき飛行機とやらが、おそらく私を（よくあるように、空中で衝突する気になったり、汚染された川に落ちたり、炎上したり、エンジンや片方の翼を失ったりしなければ）メトロポリの中心部まで連れて行ってくれるだろう、ここにあるとおり」と、赤や青の線が何本も引かれた一枚の地図を広げる。「町は複雑な構造をしている、なぜならたくさんの大通りがここから出ているかここに通じているかしていて（答えは永遠にわかるまい）、どれも同じような道に店舗、レストラン、オフィス、旅行会社、銀行、時計屋、バレエ教室、不動産屋、ディスコ、美容サロン、サウナ、家具店、床屋、バーなどが立ち並んでいるからね。」

「民家もあるよね」とグラシエラがつぶやいた。

「それこそ最悪だ」とモリスが答えた。「マンション、アパート、部屋の上に部屋が積み重なって、まったくあの混交ぶりには我慢ならない。どの建物も似ているものだから、ある場所に入ったつもりが実は別のところだったなどということが頻繁に起きるんだよ。私は以前、ドアを開けたら一家団欒《だんらん》の昼食に闖入《ちんにゅう》してしまったことがある。すると家族思いの父は、文句のつけどころのない働き手である男は、家に入って来る私を泥棒だと思って、熱い食べものが入った器を投げつけた。あれは魚のスープだったと思う。私はドアを間違えていたわけだ。私はその家族の家と酷似したアパートに住んでいて、階も同じなら部屋番号も間取りも同じ、ただしとなりの棟だったんだ。服についた魚のにおいを落とすのは大変だよ。ともあれ」と彼は続けた。「町に着いたらアルビオン通り三八六番地に向かわなくては、手紙に書かれているように。」

「タクシーで行ったほうがいいと思うよ」とエックスが提案する。

「そんなの無理」とグラシエラが応じる。「一日かかっても一台もつかまえられないでしょ。モリスは密林での暮らしに慣れてないんだから。」

「タクシーというのは、色は二色、足は四つ、運転するのはのべつ悪態をついている神経衰弱者で中は祈りの場所という、あの不愉快な物体のことかい?」とモリスが訊いた。

「もしかすると、近くまで連れて行ってくれる地下鉄があるかもしれない」とエックスはガイドブックを見ながら考えた。

「あの装置には決して乗らない」とモリスが抗議の声を上げた。「やかましい音を立てるものだからとなりの人の言うことも聞こえないし、いつも非番の兵士たちだらけだし、駅ではうなり声を上げ、暗くて不衛生で不健康で、機械式のドアはうまく動かない。こどものころ、一人の女性がドアにはさまれたことがあったんだ。車内からは半分だけ、つまり片腕、片方の足、二つのうち片方の胸しか見えず、ホームで待っていた人たちは、外側から残りの半分だけおがむことができた。両側を和解させる手立てはなかった。大声で叫んでいる人たちがいた。当の女性も叫んでいたかどうかは覚えていない。ひどいものだったよ。片方の靴が虚空に落ちた。こんな状況を目《ま》のあたりにして、車内に居合わせた人たちは彼女を中に入れようと引っ張り始め、ホームにいた人たちは逆向きに引っ張ったんだ。他の車両の乗客たちは時間がもったいないと不満を口にした。その人たちは、女性が一人丸ごと乗っていても半分だけでもまったく乗っていなくてもどうでもいいから、あの汚れた装置がすぐにでも動くことを望んでいた。遅刻してしまうとか、こどもが待っているんだとか、自分が切符を買ったのはどこそこの駅に行くためであってこんな一幕に立ち会うためじゃないなんて言ってね。何があろうと私はあれには乗らない」とモリスは結論づけた。

「きっと、そのあたりを通るバスが見つかるよ。」グラシエラは辛抱強くガイドブックを眺めながら言った。

「気をつけた方がいい」とエックスが注意する。「どうやら、政権交代で通りの名前が変わったみたいだよ。」

「私は前の政府の支持者だ」とモリスは反発した。旅に対する恐怖のせいで、保守的になっているのだ。

「やっぱり私は徒歩で行く」と彼はただちに言い添えた。「脇見はしない、後ろも見ない、前だけ見て行くようにする。」

「かなり遠いよ」とエックスは言った。「ぼくたちが地図を描いてあげよう。」

「私は都会で東西南北がわかったためしがない」とモリスが打ち明け、「もはや存在しないか、頻繁に位置が変わるんじゃないかと思う」とつけ加えた。

グラシエラとエックスは二人がかりで詳細な地図をこしらえ、モリスが迷わないよう、何本も線を引き、たくさんの手がかりや目印を書き込んでおいた。

「歩きながら後ろに石を落として行くのもいいな」とモリス。「おとぎ話に登場する不愉快なこどもたちのようにね。グラン・オンブリーゴに住む有名な知識人たちは自分をそいつらになぞらえるのがひどく好きなようだ。いい大人が、自分はウェンディやピノキオや白雪姫に似ているなんて主張するのは、どこか卑猥《ひわい》じゃないか。」

「口に気をつけた方がいい」とエックスが注意する。「グラン・オンブリーゴは容赦しない。仲間でない者は迫害されるぞ。」

付録

モリスの目から見たメトロポリ

「その都市に住む人々の主要な活動は、自分の臍《オンブリーゴ》を見ることである。しかし彼らはそのことに気づいておらず、それは、最も奥まったところに位置する二つに分かれた皺のある襞《ひだ》に埋没していて、自分が実は臍の深みにいるのであって世界の中にいるのではないということをすっかり忘れているためだ。彼らの活動には様々な名称が与えられている。偽装だ、偽善だと責め立てることはできないだろう。というのも、いつも臍を見ている人の特徴の一つは、自分が臍しか見ていないことに気づいていないということなのだから。

自分の臍を見つめるという営みのためには、外側ではなく内側にいることが必要であり、したがって自分の臍を見ていない者しか他人がそうしている姿を見ることはできない、それがあらゆる孤独の原理だ（とモリスは述べている）。

その都市の住民は一日中自分の臍を見ているので気になることがたくさん見つかり、外の世界のこと、つまり、臍の中に存在しない事柄について考える時間は残っていない。たとえば襞の問題がある。自分の臍をじっくり眺める市民の誰もが（Bに住むすべての人がそうなのだが）、襞がたくさんあり、形、深さ、長さ、広さ、分岐の仕方や質感がどれも違っていて、一つたりとも同じものはないことを確認する。ゴミをたくさんためるタイプの襞を持つ臍もあれば、襞が浅いものもあり、こちらは概して清潔だ。さて、各々の細かい襞の隙間や経路や形状を研究するのには大いに時間がかかり、皺の中で窒息したりほこりで喉をつまらせたり、事故が起きることも多い。臍の皺に入り込む人は、自分がいつ入ったかは知っていても、出るべき潮時をわきまえていることはめったにないのだ。個々の襞の構造を研究したりあらゆる経路を探索したりといった作業に没入しているので、Bの市民が抱く世界のイメージといえば、円形で、閉じていて、主要な住民は彼ら自身、つまり、臍の研究者、臍の持ち主、臍の主人、といったものである。臍の形状や色や質感のわずかな違いが重要な関心事となり、臍は石鹸《せっけん》で洗う方がいいのかパウダーを使う方がいいのか、臍は出すべきか隠しておくべきか、襞の数は二七より二一の方がいいのか、角ばった臍は丸い臍より古いのか新しいのか、どんな職業の人が臍をより清潔に保ちやすいのか、臍を洗浄するための最良のシステムは何か、などという問題について大いに議論が戦わされる。各政党は、臍問題に関する理論の構築や、臍中道派（臍の皺は中央に収束すべきだと主張する人々）、臍左派（重要な臓器は体の左側にあるのだから、臍の中心が左に寄っているほうがよいと主張する人々）、そして臍右派（世界における臍の概念を強固なものにすべきだと考え、その目標を達成するためには、不完全で場違いな臍、つまり斜視や多毛の臍、歪んだ臍は撲滅し根絶しなくてはならないと主張する人々）の三者間で開かれる討論会への参加で忙しく、世界が抱える重要課題について発言する暇はない。

臍貿易もまた、Bに住む人々の暮らしの重要な部分を占めており、彼らは有力な産業を組織し、商業活動を活発に繰り広げて成功を収め、そのことに誇りを感じているのだが、自分の眼窩《がんか》を見つめて暮らすとなりの都市の住人たちに嫉妬されるのではないかとも考えている。手間のかかる臍産業は、家内制で行われる。父親と母親とこどもたち、それに生きていれば祖父母も加わり、家父長制の社会なので命令するのは男である。このような類の産業構造には、不都合がある（というのがモリスの見解だ）。なぜなら、父親たちの欠点（不器用さ、吝嗇《りんしょく》、自己中心主義、虚栄心）が息子たちの代になると増幅されるという事態が広く見られるからであり、彼らは欠点を受け継ぐだけでなく、父親という手本を見ながらそれを発展させてしまうのだ。

各々の臍が工場であり、個々の家族が製造会社である。彼らは海運に長《た》けているのだが、そのおかげで彼らの臍至上主義《オンブリギスタ》的世界観が広がったということはない。旅をするといっても、彼らは臍の襞の中を移動するだけで外には出ないよう万全の注意を払っているのだ。それにもかかわらず、彼らは別の土地に住む人たちよりも自分たちのほうが知的で教養のある愛国者だと信じており、自らの臍に関する知識を深めるたびにその確信はさらに強くなる。Cに住む人たちは自分の足を見て暮らしながら同じことを考えており、また、特殊な鏡を用いて自分の耳を聴診することに人生を捧げるYの住民たちも考えは同じなのだということを、彼らは知らない。「臍の売買はあまり美しいことではないかもしれない」と彼らが認めるときもある。「しかし多くの利益を生むし、都市として成長させてくれる。」

Bの住民たちが手がける新聞、雑誌、本、映画は、オンブリギスタの特徴を備えている。顕微鏡を使い長い時間をかけて調べた臍の中の出来事を伝えるのだ。特に優れた描写に対しては賞が与えられ、臍派のアーティストたちは切磋琢磨《せっさたくま》しながら制作を続ける。偉大な臍派詩人の詩は必ず「私」という一人称で始まり、それは小説家の場合も同様で、彼らの作品は臍にまつわる波乱に満ちた物語を完璧な筆致で伝えてくれるのだが、臍への愛着が強すぎて臍に固執するあまり、その外に出ることがない。

グラン・オンブリーゴの形状はどこから見てもほぼ楕円で、鉱山の底のように、一度入り込んだら最後、脱出するのは難しい。捕らえられたハエのようにむなしく脚を伸ばしたり触角を動かしたり膜を揺さぶったりしてみても、臍の外皮の襞に阻まれて脱出できないのだ。臍のへりには植物や木が生え、小川が流れているが、工場の煙が空気を汚し、臍を陰気な緑青《ろくしょう》で覆っている。どの臍も似たりよったりなのだが、中に住む人たちは臍ごとにまったく違うと信じている。臍の違いをめぐるエッセイや研究書が何冊も出版されてきたが、各々の臍の住人は自分の臍に対応する本しか読まないために、自分の考えが間違っていることに気づかないどころか誤解をさらに深めることになる。そうした本ではそれぞれの臍の深さや面白い紋様、複雑な分岐が事細かに論じられており、臍の系統図、起源、歴史上の各時点における形状の研究にも力が注がれているのだ。

しかし、臍の中は生きにくい。今こそ繁栄の時代であるなどと、かなり軽薄な口調で言われることが多いのだが、それはまったく根拠のない虚言である。臍の道は夏も冬も臭いし、植物は育たず、建物は倒壊し、勤務時間は守られない。臍の隙間では何百もの人が物乞いをし、保護者のいないこどもたちや身寄りのない年寄りがいる。空気は息苦しい。通りは不潔だ。完全に頭のおかしくなったオンブリギスタたちが、泥沼にでもはまったように自分の幻想に浸りながら、昼夜を問わずうろついている。臍の動きは多様かつ複雑であり、その発作が活動と混同されることが多いが、何度もくりかえされる往来や進行と後退を注意深く分析すれば、運動が必ずしも前進につながるわけではなく、動けば必ず進歩するというわけではないことがわかる。オンブリギスタが運動と呼ぶものは、ただの痙攣《けいれん》にすぎないことが多いのだ。臍は悪臭がするだけでなく、発作的な揺れが起こり、しかも不潔である。さらに騒音もひどい。音量を調べる測定器の針は最高域に達し、それは車、トラック、バイク、地ならし機、原動機、クレーン、バス、地下鉄、電車、工場、牽引車、研磨機、無数の電気機器、電動のこぎり、母親やこどもたちなどが常時騒音を立てているせいである。そのため、オンブリギスタが誰かと話をしようとすれば、大声で叫ばなくてはならない。複数のオンブリギスタが会話をすれば騒音の総量は大変なものになり、その人たちの話し始めた後で何か言おうと思ったら口を大きく開いて声帯をいくら震わせてもまったく無駄というほどにまでなる。それでオンブリギスタたちはコミュニケーション不全に陥《おち》り、精神科医を訪ねなければならなくなるのだ。

グラン・オンブリーゴでの文化的な営みはあまり変化に富んだものではない。臍に関する本は数多く刊行され、有名なオンブリギスタは死を迎えるずっと前に回想録を書くのだが、皆が自分の臍ばかり見て生涯を送ってきたので誰の回想録も明らかに似通っており、したがって、どれか一冊読めばすべてを読んだことになる。しかも、こうした回想録は読んで面白いものではない。何年前の臍の状態や形はどうだったか、臍の中で日々どのように過ごしたのか、母親からどのような臍を受け継いだのか、臍に没頭するようになったのはいつか、自分の臍の皺めぐりを通じて何を発見したか、といった逸話が語られるのだが、どれも似たりよったりで、友人たちに何度も語って聞かせたことのある話なので、率直なところ、退屈きわまりない。もし臍を見るのをやめることができれば回想録も面白くなるかもしれないが、彼らは臍の亀裂や隆起や穴を分類する仕事で多忙すぎるのが現状だ。

オンブリギスタが最も好む動物は自動車であり、車に対する愛着は家族の誰に対するものよりも（とりわけ、こどもや老人に比べると）ずっと強い。生活から切り離すことのできないこの相棒は、主人に庇護され医者の世話を受けている。人によっては、スーパーマーケットに行くときでさえこの動物と離れない場合もある。」

一七　アルビオンでモリスに起きた諸々の出来事

グラン・オンブリーゴでは、モリスは涙目になり、鼻が詰まり、筋肉は凝り固まり、頭は鉄兜《てつかぶと》をかぶったように重くなる。フロアがいくつもあって小さなピンから豪華なヨットまで、チューインガムから庭に置く小人まであらゆるものが買えるあの巨大な店に入ると、催眠術にかかったように感じる。蛍光灯の金属的な光の下で棚の間をさまよい、商品のずらりと並んだ陳列台を自動装置《アウトマタ》のようにめぐり、機械仕掛けの階段は上ったり下ったりしており、出口はどこにも見つからず、結局のところ買いたかったのは持ってくるのを忘れたハンカチ一枚なのだった。

看板――大理石に紫色で格調高い文字が刻まれていた――には、「アルビオン出版社」とあった。モリスはドアを押して中に入った。廊下に沿って、ガラスの間仕切りで区切られた仕事場がいくつも並んでいた。そこには男女の社員がおり、無表情に顔を上げ、かろうじて彼に視線を向けた者もいたが、すぐに仕事に戻った。モリスはこれがグラン・オンブリーゴ流の愛想なのだと思い、待つことを覚悟して壁際の椅子に腰かけたが、壁が背もたれ代わりになっていて座り心地が悪かった。社員たちはとても忙しそうに見えた。ひっきりなしに鳴る電話に出る人はおらず、誰も出ないので電話は鳴り続け、それが皆の忙しさを助長していた。グラン・オンブリーゴはいつもこんな様子だ。誰もが何かに没頭していてどんな理由があってもじゃますることはできず、そのため、人の手をわずらわせるためにはまずは手が空くのを待たなくてはならない。椅子の前のやけに小さな机に置いてある雑誌はすべてポルノだったので、モリスは暇つぶしに雑誌を読むこともできず、ポルノはあまりに単調なので眺める気にもなれなかった。

ようやく扉が開き、一人の若い女性が、ガラスの向こうにいたときと同じぐらい無表情なまま、気の進まない足取りで彼のほうへ近づいてきたので、モリスはすばやく立ち上がった。

「ご用件は?」と彼女は中立的な声で訊き、できれば簡略に手続きを済ませたいと思っているようだった。

モリスはつばを飲み込み、今日という日を罵《ののし》り、そしておそらくこれからの日々を、オフィスを照らす蛍光灯の白く濁った光を、陳腐な曲を流す有線放送を、単調な打鍵音を鳴らす無菌のタイプライターを、モザイクが形づくる左右対称の模様を罵った……

「その……」と彼はつぶやき、「私は本を書いたんです」と途切れがちに言った。

「そういう方はお一人ではないんですよ。」彼女は残忍に答えた。「おそらく、それを出版なさりたいんでしょう。皆さん、それがお望みなんです。もし審査をご希望でしたら、私どもでは何のお約束もできないということははっきりさせていただきたいのですが、この書類にご記入ください」と、腕の下に抱えた書類フォルダから紙を一枚取り出しながら言った。「まずは書類です。原稿を一部お持ちですか?

記入を終えたら、原稿をお渡しください。もっとも、ご自身のお手元に写しがあればという条件つきです。私どもの方からお返事しますが、ある程度のお時間をいただきます。二週間で済むこともあれば、一年ほどかかる場合もあります。こちらも仕事がたくさんあるんです。書く人は増えるいっぽう、読者は減るいっぽうですから。お受け取りした原本について、写しがない場合、私どもはお受け取りした原稿についての責任は負いかねます。ですので、ご自宅かホテルにもう一部写しをお持ちだという場合に限って、この用紙にご記入ください。」

モリスはうなずいた。その女性は脅迫でもするように記入用紙を振りかざしており、モリスは自分がいったい何の罪を犯したのだろうと考えた。間違いなく、無意識のうちに犯してしまった罪だ。人にはそのような罪があることが多い。過《あやま》ちや事故や偶発的な罪を私たちは忘れてしまうが、それはひょっとすると責任を引き受けないためなのかもしれない。しかし、法律は許してくれない。法律や若い女性やローンの代理店や宇宙は、許してはくれないのだ。

モリスの同意を受けて、女性は厳しい目つきで彼を見ながら記入用紙を渡し、ただちに言い添えた。「お書きになる間、私はここにいます。ご不明な点があればお尋ねください。」そしてすぐさま別の書類に目を落とした。

モリスは用紙に記入し始めた。名前、国籍、出生地、年齢、学歴、瞳と髪の色、現住所、電話番号、銀行口座番号。

1．作品の特徴　どのジャンルに属していますか？

(a)小説　(b)短編　(c)詩　(d)エッセイ

モリスはためらった。戸惑い、ボールペンを宙に浮かしたまま止まっていた。女性は彼を見た。

「実は」と彼は説明した。「最初の質問にきちんと答えられる自信がありません。自分の本が短めの小説なのか、長い短編なのか、物語的なエッセイなのか、よくわからない。別の言い方をすれば、一つの作品なのだと思うのです。より正確に言うなら、全体の性格としては叙事詩的で、その中に、詩的な断片があります。おわかりいただけるでしょうか？」

「当社で出版できるのは、小説か短編か詩かエッセイだけです」と彼女はきっぱり言った。「あれか、これかです。」

「それは、悲しくも嘆かわしい、現実の単純化のように思えますが」とモリスは反論した。「古代から叙事詩と抒情詩は結びついていたし、模倣《ミメシス》と創造《ファンタシーア》も同じです。思い出してください、それほど遠くさかのぼらずローランの歌やニーベルンゲンでいい、ホメロスの詩に言及するまでもないでしょう……」

「あれか、これかです。」女性は無慈悲に言い切った。

モリスはあきらめた。秘密のメカニズムによって、最も抑圧された者たちが最も抑圧的な存在になるのだ。微妙な力学。発見したのは誰だったか、フロイトだろうか？　それともマルクスか？
２．本の内容の要約を一〇行でお書きください
モリスは考え込み、しばらくの間何も書けなかった。

「四〇〇頁もある作品の内容をたった数行で簡潔にまとめるというのは、まったく不可能なことに思われるのですが」と彼は表明した。「ご理解いただけるでしょうが、微妙なニュアンスがすべて失われてしまいます、というのも……」

「すべての項目に答えていただく必要があります」と彼女は威厳ある口調で遮《さえぎ》った。

モリスは書いた。

「都市の中で迷うための実践手引き。交通の手引き。歩道に関する手引き。癌の予防法。一〇課で学ぶドイツ語講座。私の作品は全体を扱っています。巨大な全体と、それを構成するいくつもの部分です。言わば最小化した全体なのです。作品の中には、湖の騎士ランツェローテの生涯、庭のアリを駆除する方法、エパヌーロの山々に生息する鱗翅目の生態、古代の神話がフランス料理に及ぼした影響、アステカの儀礼、古代ローマにおける六とおりの貞操の守り方などが書かれています。」
3．以下のうち作品において優位を占める要素はどれですか？ アクション、性、政治
モリスは女性を見ると、宣言した。

「思うに、私の本では、形而上学的な要素が優勢だと言っていいでしょう。とはいえ、アリストテレス主義に今さら追随したのでもなく、トマス・アクィナス派と位置づけることもできないのですが。どうすればいいでしょう？」

女性はため息をついた。作家というのはこどもみたいだ。

「お書きになった作品に、アクションはありますか？」あきらめたように彼女は訊いた。

「ある意味では、そうですね」とモリスは答えた。「作品であるということという事実そのものに、何かの製作へと向かうアクションが内包されているということを考慮に入れるならば。たとえ、そうして作られるものがあまり食用に向いておらず、（たぶん）消費すらできないものだとしても。しかし、現代という時代を考えれば、緩慢で、つらく、苦労に満ちていて、しかもおそらくは対価を求めることのない

アクション（芸術のための芸術）が存在することを、どうして否定できるでしょう？」

「そういうことでしたら」と彼女は落ち着いて言った。「その作品にはアクションがあるとお書きください。」

「性に関してですが」モリスは次に進んだ。「どちらかがより好まれるということはありますか？言ってみれば、有利な性、というのはあるんですか？」

この質問は、先ほどの質問よりも歓迎されたようだった。

「一般的に」と彼女は教えてくれた。「女の性を持つ作品だと成功する確率はかなり下がります、もちろん直接的に感傷に訴えるものは別ですが。私どもの出版物のうち女性の作品はわずかですが、そもそも女の性で書かれる数も少ないのであまり目立ちません。読者が求めるのは常に男性の作品ですし、批評家も同じです。本を読む女性は男性の作品を好む、それが私たちの文明の傾向なんです。」

「私の本は両性具有《アンドロヒノ》だと思います」とモリスは憂鬱そうに告白した。

彼女は優しい目つきになり、彼を見た。モリスは、心ならずも彼女の母性本能をくすぐったようだった。彼はいつも女性たちにそれを目覚めさせるのだ。原因は自分の赤毛にあるのだと考えていた。どこかで読んだのだが、多くの女性が赤毛の息子を持ちたいという幻想を抱いているらしい。その原因はおそらく、映画やテレビドラマに出てくる赤毛の男の子たちがいつでも聡明で感じがよく、気が利いていて心根が優しいということだろう。

「そうなんですか？」と彼女は同情するように問いかけた。

モリスの中にまた小さな罪悪感が生まれたが、それはいつも大きくなって体のあちこちに出現し、赤毛の先まで到達する。しかしこれまでとは違い、今度の罪悪感はミルクの海に溶けていった。うまく受け止められて女性の腕に抱かれ、優しく揺すってもらったのだ……

「まあ、その要するに……」モリスは早口につぶやいた。「この作品は両性具有だと、私は完全に確信しているんです。」

「それ用の医者がいますから……」彼女は庇護者然として遠回しに言った。「あまりご心配なさらず、落ち着いて、別のことを考えた方がいいですよ。似たようなケースをたくさん知っています。このようなことを私が勧めるのはよくないのですが、あなたの作品の性は男だとお書きになっていいと思います。そうすれば、少なくとも審査はされます。場合によっては、嘘も方便ですから……」

「しかし、持ってもいない性を作品に与えれば、私は奥深い本質に対して、物事の真の性質に対して、裏切りを働くことにはならないでしょうか？」

「あらあら」と彼女は答えた。かなり親しげになっていた。「人は誰でも、自分はいずれかの性に属すると考えるでしょう？　人生はそれを肯定し続ける過程のようなものです。わかりますか？　そうやって、人生を浪費するわけです。一生涯、周りの人や自分自身を説得し続けるんですよ、私たちはどちらかの性を持っていて、それにふさわしいアイデンティティーがあるとか、自分の性を利用したり大事にしたり振りかざしたりするのは正当なことだって。」

「ええ」とモリスは言った。「神経症的な気苦労ですよね。でも、だから何だとおっしゃるんですか？」

「まさにそれですよ。ある性を持ちたいという切望は、神経症的です。私たちは、その強迫観念の中で一生過ごすのです。でも結局それがゲームの規則なのですから、放っておきましょう。今この瞬間から、あなたの作品の性は男です。それで、政治の要素もありますか?」

モリスは考え込んだ。

「ごく一般的な意味での政治ならば、確かにあります。人間が洞窟の中での孤独な生活をやめて以来（おそらく湿気を嫌ったんでしょう）、あらゆるものが政治的だ、そう思いませんか? でも、先ほどあなたがおっしゃったように、ある性を持ちたいという思いが神経症的な欲求なのだとしたら、何らかの政治的立場を持たねばならないという強迫観念についてはどう思われますか? これも神経症的ではないですか?」

「思うに、政治が話題に上る率が日増しに高くなっていることの根本的な原因は、政治が貧しくなっていることにあるのでしょう」と女性は答え、「ジャガイモが不作の年には誰もが衝動的にジャガイモを食べたくなるという現象に気づいたことはありますか? それと同じです」とつけ加えた。

「ただし」とモリスが補足した。「性については、歴史が（前、後ろ、あるいは横に、どこでも進みたい方向に）流れるにしたがって多様化していき、もう何年も前にロレンス・ダレルがアレキサンドリアにおける六つの性に触れているぐらいなのに、政治の方はかなり事情が違いますよね。政治の音域は少しずつ鍵盤を失っていくピアノのように狭まりつつあって、現在は鍵盤が二つしか残っていないような状況です。あの政治的立場か、この立場か。しかも、両者の違いだってごくわずかなものです。それに、あの立場からこの立場に移る確率もかなり高く、一人の人間が一生の半分はあの立場の支持者であると宣言しながら実際はこの立場で行動し、人生の残りの部分では、その逆を行うということもありうるわけです。イデオロギーの流動性とも呼ばれているものです。」

4．あなたの作品は売れると思いますか？

この項目に関しては、モリスは女性に相談せず、確信を持って書いた。「石鹸やミキサーと同じように、販売のシステムによります。」

5．あなたの本は楽観的ですか、それとも悲観的ですか？

モリスは嫌悪感を覚え、身震いした。この二語を読んだり聞いたりするといつもぞっとする。大嫌いなことばだった。

「五つ目の質問は」と彼は女性に言った。「まったく不必要じゃないでしょうか。原則から言えば、どんな作品であれ存在しているというただそれだけの事実によって、楽観的であると私には思われます。仮に、この忌まわしいことばに何か意味があればの話ですが。」

「そうでしょうか」と彼女は言った。「私はちょうど反対に、あふれるほどたくさんの原稿が書かれているのは根源的な悲観主義のせいだと思います。つまり、世界にはうまくいっているものが何一つないということです。しかも、人類の三分の一は非識字者であり、その人たちのかかえる不満は決して活字になることはないのだということを勘定に入れていません。あなたの作品については、ほどほどの楽観主義と書いておけばいいですよ。それが一番いい答えですし、何のリスクもありません。ほんの少しの楽観性を備えているということなら、どんな作品についても証明できるでしょう、たとえ献辞の部分だけであっても。」

モリスは疲れ果てていた。ついに用紙の記入を終え、女性に渡した。この行為が彼の気分をかなり高揚させた。

「お仕事が終わったら、清涼飲料《レフレスコ》でも飲みに行きませんか?」と彼は女性を誘った。

「すみませんが」と彼女は言った。「作家とのつき合いは禁じられているんです。編集長が、神経症はうつると言うものですから。」

円環の右側の、太陽（毛の先が炎になっている男性）と月（頭上に月の四分儀を持つ女性）の擬人図と、鳥と魚の創造が描かれた部分の間に、ひげを生やした裸のアダムが姿を見せ、動物たちに名づけをしている。そして銘文にはAdam non inveniebatur similem sibi（アダムは彼自身と似たものを見出さなかった）とある。

タペストリーの中で、アダムは（緑の糸を背景として）花々の咲く土の上に立っている。周りには様々な動物たちがおり、ことばの洗礼を受けている。しかし、左にいる翼の生えた縞模様の小さな爬虫類に彼がどんな名をつけたのかも、虎の顔をした馬や翼のある鹿を呼ぶのにどんなことばを口にしたのかも、私たちは知らない。アダムはまったく孤独だったからだ（彼と似たものにはまだ出会っていなかった）。

植物とそれらの奇妙な動物たちだけが、彼のことばを受け取った。

旅―一八　聖杯の騎士

パーシヴァルは湖に近づき、炭酸飲料の容器《ボーテ》がいくつか浮かんでいるのを見た。ことばには、まったく関係のない複数の意味を持つものがあって面白い。だから、その容器は湖の上に浮かんでいてもボート《ボーテ》とは全然違うものなのだ。だが、そんなことについて長い間思いをめぐらしている暇はなく、ゴミだらけの水面のどこかにいるはずの大好きなアヒルたちを探さなければならなかった。たいていアヒルたちは紙くずやプラスチックボトル、握りつぶされたタバコの紙箱などの間をすべるようにして現れ、その動きにはどこか毅然としたところがあり、まるで、水辺の景観を損ない、湖を悪臭漂《ただよ》う掃きだめにおとしめるゴミの存在を無視しようとしているかのように――パーシヴァルには――見えた。そんな状況にもかかわらず、アヒルたちは茂みの後ろから現れると、優雅に慎み深く泳いで水面を進み、粗暴な輩たちが岸から投げ入れた障害物を巧みにかわし、湖の荒廃ぶりを生活環境が悪化したことの避けがたい帰結として受け入れていた。

パーシヴァルは、人がなぜ水辺にゴミを投げるのか理解できなかった。あるいは、もっと不愉快なことに、完璧に理解できる場合もあり、そういうときには激しい怒りがこみあげてきて、何かに、すべてに、襲いかかりたい気持ちになるのだった。するとアヒルたちは素敵な存在ではなくなってしまう。どろどろの湖でかろうじて命をつないでいる惨めな生き物に、老いさらばえた物乞いのように見えた。水は冷えて固まった油のようだった。魚たちの行き交う姿はもう見えなかった。

パーシヴァルは張り紙を飽きもせず眺めていた。酸性雨を浴びて輪郭のぼやけた文字が、ゴミの投げ捨てや鳥へのいたずらや芝生への立ち入りを禁じている。張り紙の支柱は歪んでいる上にいつかの嵐で根元から抜けかかっており、あっても意味のないみすぼらしいかかしのようだった。公園に生えている木々の名前を知る人はいなかった。少なくとも、彼が近くの枝や幹、繊細な手触りの葉を指さして訊いた相手は、誰一人として知らなかった。歩いている人に問いかけると、その人は立ち止まってあたりを見回し、まるでそのとき初めて自分が木々の生い茂った公園にいることに気づいたような様子で、モクセイかもしれませんとかおそらくナンヨウスギでしょうと曖昧に答えたり、たしかモクレンがあるはずだと言ったりしたが、確信を持って嬉しそうに木々の名前を教えてくれる人を見つけるのは難しかった。これは、ときどき公園に来る人の場合だ。それ以外の人たち、つまり頻繁に――少なくとも彼自身と同程度の頻度で――来るのでパーシヴァルが顔を覚えている人たちは、黙り込んで物思いにふけり、頭を垂れて、何かとても深い思索に没頭しているらしく、いかなる種類のコミュニケーションも取れなかった。女性より男性の方が多い。彼らが何をしに来ているのか知らなかったが、外見や特徴的な身振りに漂う謎めいた感じからなんとなくわかるような気もした。それに引きかえ、パーシヴァルが公園に来る理由は明確だった。まず、アヒルたちがいるからだ。アヒルたちにはとてつもない気品があり、その気品の中の何かが彼にとって心地よく、それが彼を心安らぐ親和力の領域に、調和の領域に連れて行ってくれる。アヒルたちを見ていると、あたかも穏やかな催眠状態に入って感覚が支配されるように感じられ、現在から過去へ、記憶によっても理性によっても知りえないほど遠く離れているが存在したことは疑う余地のない過去のある時点へと、連れて行かれるみたいだった。その遠い昔に自分が誰だったのかはわからないが、湖の水やアヒルたちに今よりずっと近い存在であったのは確かだ。もしかすると何らかの物質だったのかもしれない。きっとそうだ。彼は昔アヒルと水に共通する物質だったのであり、だから今それを見ると心地よい親近感を抱くのだろう。

　二つ目の動機は、公園の中ほどにある楽団のあずまや《キオスコ》だ。古いあずまやで、美しい丸屋根の尖った先端に細長い針がついている。あずまやはパーシヴァルにアヒルたちと似たような感覚を与えるのだった。あずまやの壁はかつてガラス張りになっていたが、時間と雹《ひょう》に破壊されてガラスは跡形もなく、そこにあるのはただ空虚のみ、虚空のみだ。灰色のフレームが美しいとパーシヴァルは思っており、それは、目的がなくなり、役割を失い、ばらばらになりながらも存続している事物に備わる稀有《けう》な美しさだった。（あるとき彼の母は、それが頽廃《デカデンシア》というものだと言った。意味はよくわからなかったが、それでも彼はその表現が気に入った。何が気に入ったのかと母に訊かれると、頽廃っていうのは何か時間と関係があると思うと答えた。しかし、それ以上詳しく答えることはできなかった。時間のことを考えると気分が悪くなる。おかしなことに、ひどく不安になってしまうのだ。しかしそれでも、頽廃した美しいものは、時間と何か不思議な関係があるからそうなのだということに疑いの余地はなかった。）丸屋根の下には、演奏家たちの座る椅子があった。正確に言えば、椅子はそこにはなかった。つまり、椅子はもはや有形の存在ではなく、目で見ることはできないのだが、ある意味では、確かにそこにある。なぜなら、円形の舞台を見れば、すぐに椅子の存在に気づくものだからだ。

つまり、椅子はそこに視線を向ける者の心の中に存在するのであり、それこそが現在の椅子の場所だった。おそらく、以前は物理的にも存在したのだろう。彼の母親は、小さい頃に公園へ夜の演奏会を聞きに行ったと話してくれたことがある。その当時、屋根の下の舞台では、演奏家たちが然るべき場所に、つまり半円状に並べられた木製の美しい椅子に座っていた。母はまた、演奏が終わった後もしばらく公園に残り、両親に手を引かれて散歩をしたことも教えてくれた。

「椅子は」とパーシヴァルは言った。「ママ、椅子はそのままだったの？」

彼女は思い出そうとしたが、椅子についてははっきりしたことが言えなかった。たぶん、しばらくは置いたままで、しばらくすると公園の係の人が片づけに来て公衆トイレの脇にある倉庫にしまったのだろう。

しかしあるとき、すべてが終わった。ある日、公園の演奏会はなくなり、楽団は解散した。椅子は？パーシヴァルは、椅子がそこに残されたのであってほしいと思った。丸屋根の下に置かれたまま雨風にさらされて徐々に傷み、形が崩れ、ついには姿を消して空の舞台だけが残ったのだと思いたかった。

今では、枠から生えた雑草が伸びてベランダをなめている。床のモザイクははがれかけており、こどもたちがそれを拾って集めるのでセメントの傷口がむき出しになる。あずまやは鳩たちの集会所《アゴラ》になっていた。あちこちから飛んできてあずまやに集結し、ベランダの鉄柵にとまったり、丸屋根の上に秩序ある対称形をなして並んだりしていた。夕焼けの灰色がかったライラック色の空を背景にすると、鳩たちの輪郭線は大聖堂に並ぶガーゴイルの石像のようだった。

少し気に入らないその調和を破るためだけ（ほんとうにそれだけのため）に、パーシヴァルは丸屋根に向かって石を投げることがある。そうすると鳩たちは（ほんの少しだけ）ざわつき、ぱっと飛び立ってその場を去るようなふりをしては、またすぐに元の場所へ戻るのだった。パーシヴァルには、集まった鳩たちが自分にはわからない何らかの信仰に則《のっと》った儀式を執り行っているように見え、賤民《せんみん》になったような、のけ者にされたような、恨めしい気持ちになった。

不意に雨が降り出すと（人気《ひとけ》のない午後の公園に、あたり一面を覆う繊細なカーテンのような雨が降ることが多かった）、パーシヴァルはあずまやに逃げ込んだ。そんなとき、彼は一人だった。何か不可思議な理由があって、雨が降り始めると鳩たちは姿を消してしまう。もしかすると、雨宿りに民家の軒《のき》か屋根を求めて去るのかもしれない。パーシヴァルはあずまやの中で、天地創造のさなかにある孤独な神のように、雨が降るのを見ていた。木々は濡れ、黒い幹を光らせていた。風が落ち葉を巻き上げていた。湖面は粒立ち、たくさんの小さな円で覆われていた。ベランダからは、ほとんど透明に近い軽やかな柳の枝がしなるようすが見えた。ポプラは身を震わせ、うろたえる葉たちをあちらこちらに振り回す。ときおり稲妻がジグザグに空を横切り、その色がパーシヴァルを魅了した。散歩をする人の姿がわずかにあったが、彼らは戦場に隕石が突然降って来たかのごとく駆け出して公園から退散し、残された物が嵐の中を舞っていた。解き放たれた紙袋ははかなげに宙を駆けめぐり、新聞紙はニュースを載せたまま濡れて悲しく水に溶け出し、芝生に落ちた清涼飲料の容器は永遠の敗北を喫した闘いで最後に投げられた手榴弾《しゅりゅうだん》の様相を呈し、飲み物やお菓子や風船の売店にはナイロンのカバーがかけられ、それぞれの上に雨が湖を形作っていた。
あずまやに逃げ込む人は他におらず、パーシヴァルはそれが自分の所有物であるように感じていた。先にたどり着いた者、発見した者、愛した者が手に入れる、あの古風な権利の意識があった。母親になら自分の見晴らし台に入ることを許したかもしれないが、他の人はお断りだった。

雨がでこぼこの地面を水浸しにし、稲妻が奇妙な光で黒板色の空を深く切りつけるのを見ていると、パーシヴァルはまたもや過去に還るような感覚に陥るのだった。あずまやでの雨宿りは完璧に自然なことのように感じられた。雨が降り、湖が粒立つ光景を一人そこで見ているという行為が、遠い過去の何かに相当していることに、記憶に残ってはいなくても遺伝子の中に保存されている何らかの行動様式に対応しているということに、彼は気づいていた。

だから、その日の午後あずまやに誰かがいるのを見つけたときの驚きはたいへんなものだった。遠くからその姿をみとめたのは、湖で長い間アヒルを眺めた後に、そこを去るときだった。彼はアヒルに餌を持っていくことも話しかけることもしない。煤《すす》だらけの鉄柵に寄りかかり、アヒルたちが通り過ぎるのをうっとりと眺め、彼らとともに草の浮島をめぐり、足先を水につけ、湖の水とアヒルたちが自然に結んでいる均衡と相互理解の関係にほれぼれと見入るのだ。アヒルの姿をひとしきり眺め、岸辺の糸杉の成長ぶりを確認した後、あずまやをめざして戻るところだった。

遠くから見えたのは、舞台の中央に立つ背の高い男で、その黒いしみは寺院を冒瀆する不届き者の姿を思わせた。ためらって、引き返そうか、アヒルたちが滑るように泳いでいる湖に戻り、すべてやり直してみようかと考えた。何かが気に入らないとき、彼はとりあえずそのことを忘れ、前に取った行動を一からやり直し、偶然に新たな機会を提供することにしていた。様々な出来事をつなぐ無限の鎖を違う仕方で配列してもらえば、事態が変わるかもしれない。もし戻れば、もし湖へ引き返して（あたかも、大胆にもあずまやの真ん中に立とうという気を起こしたその人物の姿を遠くから目にすることはなかったかのように）、調和に満ちたアヒルたちのもとへ帰れば、偶然に対して物事を別の仕方で組み合わせる機会を与えることになり、後でまたあずまやに向かうときには闖入者《ちんにゅうしゃ》の姿はなくなっており、すべてがいつもどおりになることだろう。もしかすると、偶然がミスを犯したのではなく、彼の方がタイミングを間違えたのかもしれない。もう少し長い間アヒルたちのそばにいれば、自分があずまやに着くのはあの男がすでに立ち去った後だったはずで、それなら一度もそこにいなかったのと同じだったはずだ。大きな岩が急に通行人の頭上に落ちてきた場合、それは偶然が悪いのではない。タイミングをうまく計算しなかった被害者に罪があるのだ。これまで彼があずまやの主人でいられたのは、まさにこのタイミングを巧みに捉えるという能力のおかげだった。しかし今回はミスを犯してしまった。今度ばかりはあずまやに赴くべき時を見誤り、そのために支配権を失ったのだ。だとすれば、あたかもこれが偶然の連結ミスであったかのようにアヒルのもとに引き返すべきではなく、自分の責任を認め、新たな状況に立ち向かうべきだろう。

　あずまやにいた男は比較的若く（パーシヴァルの言う「比較的若い」とは、三〇歳には届かないぐらいの年代を指していた）、赤毛で唇が厚かった。なわばりを侵されたことに対する怒りがつのるいっぽうだったので、パーシヴァルは自制しようとした。近くまで行くと、周囲をうろうろ歩き回り、真の狙いは舞台であるようによそおった。（パーシヴァルは、大人たちの権力のあり方に立ち向かうためにゲリラの作戦を実行することがしばしばだった。そのうちのいくつかは被抑圧者であるという境遇から本能的に身につけたものであり、その他は本を読んだり、老人たちからかつて闘士だった頃の思い出話を聞かせてもらったりして学んだ。）誰にも危害を加えないような石を一つ拾うと、それを遠くに放り投げた。雑草を引き抜き、においをかぎ、少しかじって吐き捨てた。アリたちの通り道を目で追いかけた。戦闘が起きたら砲弾として使えるような瓶をいくつか集めた。それからようやく、あずまやに入る決心をかためた。

モリスは立っていた。しばらく前から少年の姿に気づいており、興味深く眺めていた。八歳か九歳ぐらいの男の子で灰色の髪は細くて短く、かろうじて耳たぶに届くぐらいだった。体つきは極端なやせ型で、なんとも言いがたい色をした短いズボンの下からとても細い脚が出ている。しかしモリスを最も魅了したのは、その子の目だった。灰色だが決してくすんではいない。並はずれて鮮烈な虹彩に、緑の閃光と青みがかった光線が混ざっていた。機敏であると同時に繊細な身のこなしは、曲芸師というよりはバレエダンサーのようだった。自分の筋肉や内臓や腱《けん》の一つひとつを完全に統御しているように見えた。だが、それだけではない。モリスが直観したのは、その子が別種の統御能力、すなわち、自分の周りにある世界に秩序を与え構成するような力を備えているということだった。

「こんにちは」とモリスは氷を割る覚悟であいさつした。「私はモリスという者です。少し疲れているので、もし君の気に障らなければ、しばらくここにいたいと思っている。とても眺めのいい、すばらしい見晴らし台だね。」

少年はうなずきもせずモリスを見つめた。モリスはつぶさに調べられているように感じた。

ようやく少年は言った。

「ここは公の場所ですよ。誰でも来ていいんです。」

モリスはすぐに、少年の発言は現実に対する苦々しい譲歩に他ならないことに気づいた。

「すぐにいなくなるよ。ちょっと寄っただけなんだ。それに、もうすぐ雨が降るだろうし私は濡れるのが好きではない。君の名前は？」

少年は、名前を明け渡すというような信頼の行為に踏み出す前に、非常に注意深くモリスの様子を吟味しているようだった。

「ぼくはパーシヴァルです」と彼はついに明かした。「名前なんて少しも重要なものじゃないと思われているから、人はすぐに名前を聞いたりしますよね。でも、ものの名前を言うということは、それをいくらか自分のものにするということなんです。ぼくは自分の名前が大好きです。母がつけてくれました。パーシヴァルはとても有名な騎士で、聖杯の騎士団に属していました。母が深く敬愛するクレチアン・ド・トロワという詩人にインスピレーションを与えた騎士です。ぼくはとても運がいいと思っています。別のタイプの母親なら、ぼくの名前をファンとかアルベルトとかフランシスコとつけたでしょうから。ワグナーもパーシヴァルを主人公に作品をつくったんですよ。あなたは露出狂なんですか？」

モリスは飛び上がってすぐに自分の前開きの部分に目をやり、少年がそれに気づかないわけはなかった。しかし、すべては完璧に然るべき状態にあった。

「こんなことを言うのは、公園には露出狂とか強姦魔とか殺人者とか、そんな人たちが山ほどいるからです。人通りがなくて警備が手薄なので来るんです。何人かは見ただけでわかります、時期によっては、その人たちは毎日来ますから。でもしばらくするといなくなります。公園に女の子がほとんどいないのは、そのせいなんです。行ってはだめだと親に言われるから。ぼくは男で運が良かった。」

「心配しないで」とモリスは伝えた。「私は今までのところ、露出狂になったことはない。少なくとも、君の言っている意味ではね。」

「もしばらくここにいたいのだったら」と、パーシヴァルはまじめな顔で言った。「ことばについての合意を得ておいた方がいいでしょう。いつ雨が降り出すかわかりませんから、誰が指揮をとるのかをはっきりさせておくに越したことはありません。」

「私が君のことばの使い方を受け入れよう、それで少しも不都合はない」とモリスは譲った。「とても素敵な使い方だし、私が知っている他の人たちより恣意的でない。君はちょっと詩人のように思えるぐらいだ。」

「それはぼくの名がパーシヴァルだから」と少年は満足そうに同意した。「母はとても聡明な女性なんです。聡明で官能的（と気取って言った）。素敵じゃないことばは絶対に使いません。だから一人で暮らしているんです。つまりぼくと二人で。男は、というかぼく以外の男の人は、母のことを決して理解できないと思います。官能性が足りないんです。露出狂じゃないなら、作家なんですか？」

モリスは次第に暗くなっていく空を見上げた。遠くから、スイカズラのしっとりした香りが流れてきた。

「そんなところだ」とモリスは答え、「実際には」と、少年を失望させないように言い添えた。「書くと言っても少しだけなんだ。でも自分がクレチアン・ド・トロワほどいい書き手だとは思わないよ。」

「スイカズラの香りには気づきましたか？　少し前から探しているのに、どこにあるのかわからないんです。どこかの生垣の向こうに隠れているはず。藤の香りもしていますから、それとは間違えないで。藤の香りは西の方から来て、湖のところで二つが混ざるんです（小さな鼻を持ち上げると、はじらう様子もなく、訓練を受けた犬のように風のにおいをかいだ）。ぼくは香りをかぐのが大好きです。母ゆずりの嗅覚で、とても鋭いんですよ。でもぼくたちは、胸の悪くなるようなにおいのする世界に生きている。だからぼくは毎日公園に来て、しばらくここにいないとだめなんです。毒を抜くために。あなたがクレチアン・ド・トロワほどの書き手でないというのも、不思議には思いません。彼の時代は別の世界だったと母が言っていました。昔は聖なる使命があったのに、ぼくたちはそれを失ってしまい、しかも他に何かを得たわけでもないって。公園には、ゴミを湖に捨てる悪い奴らがたくさんいるんですよ。」

ぽつぽつと雨粒が落ち始め、パーシヴァルは両手を広げてそれを受け止めた。その美しい手を、細長くて白い指を、モリスは長い間じっと見つめていた。

「そのことについては、解決方法がないんです。（何のことを言っているんだろうとモリスは考えた。湖のゴミのことか、神聖さの感覚が失われたことだろうか？）あなたは香りをかぐのが好きですか？　木の幹が濡れた香りに気づきましたか？　母が一度、嗅覚展に連れて行ってくれたことがあります。ほんとうにすばらしかった。実は行けないだろうと思っていました、風邪を引いていたから。雨の日に風邪を引いたんです、服を脱いでみたくなってしまって。でも幸いなことに、風邪を引いていてもちっとも妨げにはなりませんでした。これまで生きてきた中で最もたくさんの香りをかいだ日でした。あらゆる種類の香りがあったので、会場を出たときは少し興奮していて、お酒に酔ったようでした。あなたはお酒に酔う機会が多いですか？」

「ほとんどないよ」とモリスは言った。「本を読む方が好きなんだ。」

「ぼくの母も同じです」とパーシヴァルは言った。ニーベルンゲンのサーガを知ってますか？　母は三つの言語で読むんです。ドイツ語とフランス語と英語。今はスペイン語を勉強しています、セルバンテスを読むために。あれっ、稲妻が見えた。」

　初めのうち、雨脚は穏やかだった。かろうじて木々の葉を揺らし、地面を黒くするぐらいだった。それから、強さを増した。あずまやが二人を守ってくれたが、天上に開いた穴からぽたぽたと雨のしずくが落ちてきた。地面の凹凸《おうとつ》に小さな湖ができつつあった。

「そのうちにアマガエルの鳴き声が聞こえますよ」とパーシヴァルが物知り顔に教えた。「湖の周りの植物にカエルが隠れてるなんて、誰も思わないでしょう。でもいるんです。雨が降ったときだけ、ケロケロ鳴きます。他のときは何をしてるのかは知りません。動物の生態って、とても不思議なことが多いと思いませんか？」

「ある種の人間の生態も」とモリスは曖昧な答え方をし、「君のお母さんは何をしている人なのかい？」と訊いた。

「ぼくを愛してくれます」というのが、パーシヴァルの驚くべき答えだった。完璧なまでに自然な言い方だった。視線は下に向けられ、あずまやの縁にできた水たまりを見ていた。

「きっと、誰もが君を愛すると思う」とモリスは断言した。

　少年は何も言わなかった。まったくそのとおりだと思っているか、あるいはそのことをちっとも重要だと思っていないかのようだった。

「ごく最近」とモリスは語り出した。「新聞で読んだのだけど、モスクワでヒキガエルやアマガエルが降ってきたそうだ。私もそこに居合わせたかったよ。カエルたちは、水蒸気の巨大な雲ができたときに大気の層に昇ったんだね。それから電荷の働きで水が落下し始めると、カエルたちも雨と一緒に地面に落ちたというわけだ。大勢の人たちが驚いて、世界の終わりか何かだと思ったらしい。」

パーシヴァルはモリスの話をじっと聞きながら、興味深そうに彼を見つめた。雨が降っており、遠くの空には稲妻が走るのが見えた。

「気をつけて、濡れないように」と彼は少年に声をかけた。

「その話、本当ですか？」と少年は詰問するように言った。「でたらめの話をするのはいいことだとか、健康にいいとか、そんなことを人はいつも信じています。それを幻想と呼んだりして（と言いながら顔をしかめた）。驚異的なものというのは現実にあって、見つけるだけで手に入るのに。想像力豊かだと思われたくて、あれこれ頭をひねって考え出さなくちゃならないのは、愚かな人たちだけです。そんなことをすれば、物事がもともと持っている幻想性《ファンタシーア》がすべて失われるのは明らかなのに、その人たちにはわからないんだ。」

「ぼくは決して、君に嘘などつかないよ」とモリスは言った。

「そうですか。あなたはいい人みたいですね。さっき話に出たような幻想性は持ち合わせていないようだけど。」

空はすっかり暗くなっており、風にあおられて紙や木の葉が舞い、温室の屋根がバタバタ音を立て、何かの小さな種が舞い上がっていた。

モリスは上着を脱いで少年に着せかけた。髪は、パーシヴァルの繊細な髪は、すっかり濡れていた。靴もだった。ゴム底の小さな白い運動靴だったが、あちこちに穴が開いていた。自分の青い上着に包まれたパーシヴァルは限りなく小さく見え、モリスは彼を抱きしめたいという欲望に駆られた。灰色の髪が筋になって顔に貼りつくたびに少年はすばやく払いのけた、濡れた髪の感触が不快だったのだ。

「雨が止んだらすぐに」とモリスは告げた。「家まで送っていくよ。もし君に許可をもらえれば。」

しばらく黙り込んでいた少年は、不意にモリスを見た。どこか悲しげだった。

「いや」と彼は言った。「ぼくはアヒルを見に行きます。」

モリスは口を出しすぎてしまったと思い、不安になった。かすかな罪悪感を覚えていた。

「もうそろそろ夜だよ」と思い切って言った。「アヒルたちもきっと眠っているだろう。私はもう失礼する。あずまやは君一人のものだ。パーシヴァルという名の持ち主にふさわしい、とても美しいあずまやだね。ワグナーやクレチアン・ド・トロワたちにインスピレーションを与えた聖杯の騎士に、ぴったりだ。」

「何日か前に、アヒルの死骸が出てきたんです」とパーシヴァルは言った。モリスの青い上着に包まれた彼は、どんどん暗くなっていった。(こどもと詩人に特有の不安定さだ、とモリスは思った。)死んで出てきたんだよ、わかる、モー君?(モリスは飛び上がった。いきなり態度が変わっただけでなく、口調も親しげになり、愛称までつけられていた。) アヒルは毒殺された。毒入りの食べ物が与えられたんだ。ぼくはそのアヒルを見た。地面に横たわった体はだらりと長く伸びて、かつてないほど白かった。短い羽毛が風にそよいでいた。でも、アヒルは動かなかった。死んでいたんだ。とても無垢に見えた。つまり何が言いたいかわかる？　まったく何も疑っていないところを襲われたということだよ。誰かがアヒルにパンを投げた。そしてアヒルは暗黙の了解に従った。暗黙の了解というのは、アヒルは水中で見つけるパンや何かの小さいものを食べるということ、そして誰かに何かをねだるようなことはしないっていうことだ。どうしてアヒルに先を読むことができただろう？　それから、ひどい痛みがアヒルを襲った。これは公園の管理人さんが教えてくれたから知ってるんだ。アヒルは死ぬ前にとても苦しんだって、最期の苦しみはとても長かったって、教えてくれた。管理人さんもとても悲しんでたよ、アヒルたちのことが好きだから。アヒルに敵意を抱ける人なんているのかな？　しかも、一度だけのことじゃない。もっと前にもやられたことがあるんだ。でも、管理人さんが見回りのときにパンの色がおかしいことに気づいて、アヒルたちが近づく前に回収してくれたんだよ。」

パーシヴァルは上着の中で震えていた。モリスは、かなり冷え込んできたこと、すっかり暗くなってしまったこと、そして少年をそこから連れ出すのは不可能であろうことに気づいていた。それでも、試してみた。

「パーシヴァル」と彼は少年に言った。「もう遅い。私が君の家まで送っていくよ。そして、もしよかったら、途中でコーヒーを飲んで行こう。君の髪も足も濡れてしまっている。きっと、お母さんがとても心配しているよ。君みたいな名前をつけるような聡明で官能的な母親を持ったのなら、お母さんを困らせるようなことをしてはだめだ。そんなことをするのは、あまり立派なことではないよ。」

「いや」とパーシヴァルは答え、「母さんには、学校でサッカーの試合があるから帰りが遅くなるって言ってきた。ぼくはアヒルと一緒に残る」と言い放った。「アヒルたちは守ってくれる人がいないんだよ。夜は誰も世話をしない。彼らは誰のじゃまもしない。生きている。ただ、生きているだけなのに。毒入りパンを山ほど抱えてきたどこかのばかな奴が湖のそばで様子をうかがって、誰も見ていないときにパンを投げ込んだら一巻の終わりだ。アヒルたちは食べてしまう。誰もそうするなって言わないから。それはアヒルたちが初めから守っている規則だから。そうするべきだから食べる。自然な行為がいきなり覆《くつがえ》されるなんて、彼らには理解できないんだ。覆されるってことばの意味もぼくはちゃんとわかっているよ。」

モリスは、自分が聖杯の騎士を前にしており、彼の信念を曲げさせようとするのは無意味であることを理解した。それは崇高な決意であり、聖なるもののにおいがし、私たちを記憶からは失われてしまった過去へ、それでもときおりそのきらめきが現在まで届くような過去へと、引き戻してくれるものだった。

「私が書くのはページのためであって、声のためではないんだ」とモリスは打ち明けた。「ともあれ、アヒルはとても善良な人たちで、君に守られるにふさわしいようだね。さて、君が許してくれるなら、私も君と一緒に残ろうと思う。四つの目があれば二つよりもたくさんのものが見えるし、騎士たるもの、何か気高い大義のための戦いで人の力添えを拒んだことは一度もなかったと私は思う。ここに残る許可を、私に与えてはくれないだろうか。」

パーシヴァルは震えていたが、ほほえんだ。モリスの腕のなかで体を丸め、寒さをやわらげようと彼が背中をさするのを許した。

「暗いのは心配しなくていいよ」と少年はモリスに言った。「木の洞《うろ》にランタンを隠してある。夜にはとても明るく光って、アヒルは遠くからでも見えるんだ、白いから。」

「私は君のとった対策を全面的に信用するよ」とモリスは言い切った。「君はとても頭がいいし、しかもすべてをちゃんと計画してあることが私にはわかる。」

「頭のよさは母さんから受け継いだんだ」とパーシヴァルは再び上機嫌になって教えてくれた。「母さんは若い頃に結婚したんだけど、間もなく離婚した。父さんは、実は料理をしたり愛してくれたりする女の人を近くに置いておきたかっただけで、自分と同等の存在を求めていたわけではなかった。それが原因で二人は何度も喧嘩して、結局別れたんだ。ぼくが思うに、パーシヴァルは、ほんとうはランスロットを愛していたんじゃないかな。」

「それは大いにありうることだ」とモリスは同意した。「君のお母さんは何て言っているんだい?」

「ああ、母さんの物事の見方は、もっと伝統的なものなんだ」とパーシヴァルは答えた。「あの人の見識がもう少し成熟したら、すぐに話してみるよ。」

雨は上がっていた。屋根に残った雨水がときおり重い水滴を地面に打ちつけるだけだった。

「あなたも聖杯の騎士になったらいいな」と、あずまやを後にしながらパーシヴァルはモリスに言った。モリスは彼の手をとり、両腕で彼を抱き上げ、そしてやさしく、ほんとうにやさしく、唇にキスをした。

それから、二人はアヒルの世話をしに行った。

翌週、モリスはグラン・オンブリーゴからエックスに手紙を送った。

親愛なる友、エックスへ

私はグラン・オンブリーゴでの複雑にからみ合った官僚主義の網に引きとめられはしなかったよ、そうなる可能性もあったのだが。オンブリーゴの住民が猛スピードで運転する自動車にひかれることもなかった、ほとんど外出はしなかったからね。しかし、今のところ帰るつもりはない。今回の計画変更を説明することはとても難しい。憶測や不安や不眠や仮説や推測や調査や取調べを避けるべく（オンブリーゴは噂好きだから）、今すぐ、その理由を伝えよう。私は九歳の少年にすっかり恋をしてしまった。名はパーシヴァル。彼には聡明で官能的な（というのが息子のことば）、素敵な母親がいる。私たちは相当に風変りな三人組だよ、きっと君も想像がつくだろう。（この奇数は、カバラで様々な意味合いを持つ数だ。）パーシヴァルはとても美しく、優しく、そして賢い。君にも会ってほしい。私は彼の生き方が大好きだ。目下、我々は町にいるが、間もなくアフリカに行く予定だ。パーシヴァルはキリンを間近で見たがっている。キリンがとても好きなのだそうだ。あちらの世界を彼はとても気に入るだろう（かわいそうなことに、彼はヨーロッパ人で、外の物事を一度も見たことがない）。ぼくはある調査団の仕事に応募した。鱗翅目《りんしもく》部門の顧問として受け入れてもらえたよ。パーシヴァルの母親も喜んで計画に同意した。好奇心と情熱に満ちた、偉大な女性だよ。向こうでは語学のクラスを受け持つそうだ。出発はおよそ一か月後になる。それまでの時間は、どうしても必要な手続きに費やそうと思う。だから、別れを言いに戻ることは無理そうだ、ほんとうはそうしたいのだが。望遠鏡をパーシヴァルに贈りたいので、私が置いてきたのを送ってもらえないだろうか？　送ってもらえればとてもありがたい。パーシヴァルは宿命的に好奇心が強いのだ。

挨拶を送る

モリスより

同じ日付で、彼はグラシエラにも手紙を書いた。

親愛なるグラシエラ様

不死不滅の神々が、人間の運命を決める。つまり、手短に言うと、私はチャーミングな九歳の少年、パーシヴァルに恋をしてしまったということだ。この件の文学的な出典には触れずにおくが承知してくれるね。パーシヴァルは一人の母を所有している（これほど絶妙に動詞が使われたことはかつて一度もない）。聡明で感受性豊かで魅力的な女性だ。その母親と、彼は生まれたときからずっと一緒に暮らしている。父親はひどく迷惑な存在だったが、かなり前に舞台から姿を消した。教養があって聡明な妻を持つ不都合さを放棄して、その代わりに料理上手で植物の世話をする女性のささやかな快適さを選んだというわけだ。選択の責任は各自にある。総じて、少なくとも言えることは、我々が奇抜な一団を成しているということだ。私たちはアフリカへ行くことに決めた。これほど違った環境にパーシヴァルがいるのを見るという大きなよろこびを享受せずに済ますなんて、私には無理だ。私たちは、彼が勉強を続けるための学校を探している。そこで彼が新しく学ぶことなどないだろうが、いくばくかの規律は彼の役に立つだろう。彼はこの意見を嫌悪するだろうけれど。この手紙を送る前に、パーシヴァルに読んで聞かせるつもりだ。少し怒りっぽいところがあるからね。感嘆すべき怒りっぽさだ。

また手紙を書くよ。

近いうちに。

モリス

追伸
彼はもう手紙を読み終えて、美しいウサギの絵を君に送ると言っている。絵を描くのが大好きで、とても上手なんだ。ところで、書斎の引き出しに置いてきたクロノグラフを送ってもらえないだろうか？
パーシヴァルが気に入ると思う。

手紙を受け取った翌日、エックスはモリスの家の庭に設置してあった望遠鏡を分解し、箱に入れて短いメモとともに送った。

親愛なるモリス
　地獄とは、愛せないこと。

　　　　　　　　エックス

二日後、グラシエラは書斎の棚にモリスのクロノグラフを見つけた。文字盤に少しほこりがついていたのできれいにし、ケースに入れて、数行のメッセージとともに送った。

大切なモリス
　パーシヴァルがクロノグラフを気に入ってくれるといいね。試してはみなかったけど、まだ動くと思う。あなたの方が、これの秘密を上手に説明してあげられるでしょうね。

地獄とは、愛せないこと。

グラシエラ

モリスの旅立ちは家に憂鬱をもたらした。しかも冬が近づいていたので、グラシエラとエックスは島を離れる計画を立て始めた。グラシエラは一九世紀から第二次世界大戦までの女性に対する抑圧の歴史を調べており、小論文を書くためにグラン・オンブリーゴへいくつかの資料を見に行く必要があった。エックスの方はいつものように書類の山に埋もれており、仕事を見つけて滞在許可を取得する必要があった。というわけで、二人は家をたたんでグラン・オンブリーゴへ移り住むことを決め、後ろ髪を引かれながらも、島を後にした。二人はよき友人として、都会暮らしの幸せと不幸せを分かち合うことになるだろう。

円環の左側の、水上に浮かぶ円（天の創造）が描かれた部分と、鳥と魚が描かれた部分の間に、エバが誕生する場面がある。タペストリー上では、確かに、最初の人間であるアダムが肋骨《ろっこつ》のあたりに一人の女性を抱えており、女性は彼より小さいが二人は明らかに似ている。この図像に添えられているInmisit Dominus soporem in Adam et tulit unam de costi ejus（主はアダムを眠らせ、彼の肋骨のひとつをとった）という銘文は、エバの誕生を表している。仲間を持たず孤独だったアダムを取り囲んでいたのと同じ花がここにも描かれており、また lignum pomiferum（実のなる木）という銘文の添えられた木があり、地上の楽園と善悪の知識の木を思い出させる。

この部分でパントクラトールを取り囲む円環は終わり、円の外周には次の銘文が記されている。In Principio Creavit Deus Celum Et Terram Mare Et Omnia Quoe In Eis Sunt Vidit Deus Cuncta Que Fecerat Et Erant Valde Bona（初めに神は天と地を造った。海とその中のすべてのものを造った。そして神は造られたすべてのものを見た。それらははなはだ良かった。）

このようにしてタペストリー織の名匠は聖書に基づく始まりの描写、起源の描写を完結させたのだ。そして四隅には、一年の月と各月に行われる最も重要な仕事を描いた。

エバ

生まれたときから種族の呪文に組み込まれてきた私にとって、それは第二の自然となっていて、イニシエーションを受けたあらゆる人と同じように、私はまじない師たちが長年にわたってことばやイメージによって伝えてきた儀礼から逃れることができません。慣習やしきたりに従い、遊戯、踊り、生贄《いけにえ》などに参加してしまった私は、もう後戻りできないのです。イニシエーションを受けた後に逃げ出した女には、罰として侮蔑、孤独、狂気、あるいは死が与えられます。だから、厳格な神々の住処《すみか》である神殿に留まって、種族の組織や精神とその支配的な考えを支える神話を存続させることに協力し、この従属状態から生じる葛藤をいつまでも隠しておくしかありません。儀礼的な行いに対して不快に思うときには、森へ行って泣いたり、川で朝の沐浴《もくよく》をしたりすることもあります。

（『エバの告白録』（未刊）より）

生まれるのには二人必要だが、罪があるのは一人だけ

新聞より

昨日、ダーリー（スコットランド）のある裁判官が、避妊薬が存在することを知りながら、またそれを手に入れることができたにもかかわらず妊娠した一人の若い女性に、怠慢の罪があると宣告した。三歳の娘を持つクリスティーン（二二歳）は、娘の父親として、かつての恋人を訴えた。裁判官はロバート・マカーディ（機械工）に毎週一ポンドという形ばかりの支払いを命じる一方で、クリスティーンに対してはその怠慢を厳しく非難した。彼女は、かかりつけの医者に避妊薬を用いないよう勧められたのだとの自己弁護を行った。

グラシエラは七歳から一二歳までの小学生四〇人に、楽園でのアダムとエバのことを書いてみましょうと言った。しばらくして、回答を集めた。

アダムは木としょくぶつといっしょにしやわせにくらしてたけどエバがやってきてりんごをたべさせました。アダムをころしてじぶんが女おうさまになりたかったからです。

かみさまがアダムのあばらぼねからエバをとりだしたのは、アダムがたいくつしてたのと、だれかめいれいするあいてをほしがってたからです。

アダムはお魚やお花とあそんでたのしくくらしていたけど、エバがあらわれていやがらせをはじめました。いい子でいさせるには、ぶったりしておしおきしなくちゃならなかったけど、けっきょくふたりともりんごをたべてしまいました。

アダムはひとりぼっちではなしあいてもいなかったからたのしくなかったけど、エバがうまれたら、もっとよくなかった。

神さまはアダムをつくったあと、まわりに植物や鳥や魚をたくさんつくってあげたけど、アダムには自分ににてる友だちも必ようでした。だから神さまはアダムをねむらせて、あばらぼねからエバをつくった。アダムはよろこびました。でも、エバは知りたがりやで、へびの言うことをきいてしまったので問だいがおこりました。エバのせいで、いまも女の子はいい目で見られないです。

アダムはいいやつだったと思う。魚をつったりどうぶつをつかまえたり森を歩いたり植物をうえたりしていた。だけど話し相手は？　いないにきまってる。それで神さまが来て、アダムを薬でねむらせて、あばらぼねを一本とりだした。ほねが大きくなって、エバになった。エバは女だった。アダムは男だった。だから、起きるべきことが起きた。それでぼくたちが生まれた。

お父さんは、エバはどの女の人とも同じで、ご近じょの女の人たちと一日中おしゃべりしたり、洋ふくとかを買って買ってとうるさくゆって男の人をこまらせたりしていたとおしえてくれました。

アダムは少したいくつしていました。神さまは、魚とか植物とかをつくってくれたけど、おもちゃはくれなかったからです。それであそび相手のエバをくれました。でもふたりはけんかしちゃいました。

この話は少し変だと思う。神さまはどうしてエバを仲間にしたのかわからない。もし、女じゃなくてアダムと同じ男の仲間を与えてくれれば、一緒に魚つりをしたり、かりをしに行ったり、土曜の夜に遊びに行ったりできて、もっと楽しかったはずだ。

神様は男性優位主義者《マチスタ》だったからまず男のひとを作ったのよとママが言っていました。それからエバはアダムのあばらぼねから生まれたけど、お産がぜんぶこうだったら女のひとはもっと楽なのにねと言っていました。

楽園の話は比ゆだと思います。なぜかと言うと創世記に書かれていることは、本当のことには思えないからです。まず、神が自分の似姿として人間をつくったのなら、なぜアダムのように、退屈を感じるような不完全な人間をつくったのか、理解できません。第二に、アダムの肋骨を一本取り出したという説はかなり信じられません。それ以降の人間は必ず母親のおなかから生まれるのに、エバのときだけこのような方法をとったのだとすれば、何の目的があったのでしょうか。すべては象徴なのだと思います。でも、何の象徴なのかはよくわかりません。教会ではいつも新約聖書のことしか話題にされないからです。聖職者たちにとって大事なのは新約なので。その根拠は、あなたはペトロ。私はこの岩の上に私の教会を建てる、というあの聖句にあります。

アダムとエバの仕事

次にグラシエラが出した題は、アダムとエバの時代、毎日の暮らしはどんな風だったか想像してみましょう、というものだった。回答をいくつか挙げると……

アダムはかりをしてライオンとかトラとかヒツジをつかまえました。エバはうちのおそうじをしたり、おかいものしていた。

アダムはゆう気があってなにもこわくなかったから夜もひとりで出かけてライオンをつかまえた。エバはちょっとなまけものだったからそのあいだねていた。ふたりはアダムがつかまえてきたものをたべて、のこったかわでふくをつくった。すごくむかしででんきもミシンもなかったから、とてもたいへんだった。ぜんぶ手づくりだった。

エバはどうくつの家でおうちのしごとをしていた　アダムが魚をとりに行ったときかえってくるのがおそかったけどエバはいつも二人でたべるためにまっていてたべおわったらおさらあらいをした。

男は男の仕事、女は女の仕事をしていた。アダムはかりをしたり、魚をとったり、火をおこしたり、近くをたんけんしたりして、ときどきタバコをすった。エバは楽えんから出ないで、そうじしたり、おさいほうをしたりしていた。ふたりはもうはだかじゃなかったので、洋ふくをぬうひつようがあったからです。

お父さんは、アダムはいつもたいへんな仕事をたんとうしていたとおしえてくれました。アダムのほうがエバより強くて、かっこよくて、弓を使うのもうまかったからです。お父さんによれば、エバはちょっとぶすだったけどあまり気づかれなかったそうです。なぜかというと、くらべる人がいなかったからです。でもエバはアダムにりんごを食べさせてアダムにしかえししたので、二人ともおなかがいたくなりました。

エバはひまな時間がたくさんあって（仕事は、アダムの帰りを待って、魚の下ごしらえをしてにたりすることだけだったから）、森でさん歩したりへびたちに会ったりした。そこでよくない考えを思いついた。

アダムは家庭を守るためにたくさん働いた　じゃがいもとレタスとお米とトマトをうえた　ときどきシカとかライオンとかのえものを持って帰って来るときはふたりで食べた　そのあいだなまけ者のエバは何もしていなかった　スーパーマーケットにも行かなかったしこどももいなかったからだ。

そのときアダムはエバに言いました。善と悪について知りたいなら勉強すればいい。ぼくは気にしない。でもアイロンかけと家のそうじは続けなきゃだめだぞ。それがおまえの義務だ。

アダムはとてもいそがしかった。神さまにもらった楽園の手入れをしなくてはならなかっただけじゃなくて、家庭に生活物資を調達する役目もあった。しかも、そのほかに対外交渉もアダムが担当していたのではないか。アダムは神と直接話していたが、エバはそうではなかったからだ。

アダムはとても責任感が強くてまじめだったけど、自分が神さまの野原を歩いているあいだにエバがヘビとおしゃべりしていたことを知らなかった。ずるがしこいヘビはエバをだました。女のせいで問題が起きた。

りんご事件のあとで、きっと二人は仲が悪くなったと思います。でもその時代には合法的な離婚はなかったし、毎年こどもが生まれたので、別れられませんでした。

アダムとエバの長所と短所について訊いたところ、グラシエラが得た結果は次のとおり。

アダムは、勇敢（三五）、誠実（二三）、働き者（三八）、頭がいい（三八）、責任感が強い（二九）、言いつけを守る（二二）。最大の欠点は、女の言うことを聞く（三二）だった。

エバについては、長所は一つしか挙がらなかった。美人（三〇）。一人の男子生徒は、エバの好奇心が強かったことは、長所か短所かわからないと答えた。

一方、エバの短所のリストは長くなった。三九人の生徒がエバは好奇心が強すぎる、三三人がおしゃべりだと答え、二五人は性格が悪いと考えており、二二人は怠け者、三人が軽率だと言った。

その後、男の子も女の子も外へ遊びに行った。

天地創造の最も重要な諸局面をいくつかの部分に分けて描いた円環は、大きな長方形の中に入っている。長方形の四隅にはそれぞれ二本の角笛を吹いている天使が一人おり、そこから風が吹き出している。天使は大きな皮袋にまたがっているが、その中にも風が収められている。右下の隅にはAuster（南）の文字がある。風を吹き、風を乗りこなす天使たちは、曲がりくねった線が何本も引かれた小さな三角形に取り囲まれている。いにしえの織り手は、風の吹き抜ける大地と山々をそのように描いたのだ。皮袋はとても大きく、騎手（天使）には翼がある。これらの部分では、すべてのものが動きを表している。風の放出、満たされた皮袋、そして馬に乗っているような姿勢で描かれた天使。天地創造の円環を囲むようにして、パントクラトールと並ぶかたちで四隅に風が描きこまれているのは、宇宙のあらゆるものが動いており、静止しているものは何もないということを暗示している。

旅−一九　ロンドン

驚くべきは、啓示が難解であることだ。

エックス

夢の中に、謎のように浮かんでいる問いがあった。自分の娘に恋をした王たちが求婚者に課した、謎かけのようなものだ。

娘を渡すまいとする王の考えた難しい謎を解こうと、浅はかな情熱に身をゆだね、首をはねられた王子や騎士たち。夢の中で、エックスはその問いかけを聞いていた。《愛する女に男が差し出すことのできる最大の贈り物、愛情の証とは何か？》

エックスはある旅行会社で、中絶手術を望む妊婦たちをロンドンに連れて行くバスの責任者の仕事を見つけた。彼の役割は車の運転ではなく（運転手は別にいた）、目的地まで女性たちにつき添い、病院で降ろし、手術が終わるのを待って、町まで連れて帰ることだった。週に一度、こうした移動を行う。仕事に満足しているとは言えないが、選《え》り好《ごの》みできる時代ではない。

「少なくとも」と太った社長が言った。「この稼業に不況はない。これは世界で二番目に古くからある職業だ。しかも需要は増えるいっぽう。」

社長は忌まわしい葉巻を吸っていた。エックスはそれぞれの瞳が別の方向（一方はこの町、もう一方はロンドン）を向いている社長の斜視と同じぐらい、その煙を嫌っていた。

毎週、その太っちょは案内すべき女性たちのリストをエックスに渡す。需用は多く、サービスが追いつかないこともある。

女性たちがツアーの申し込みをする事務所は、町の中心部にある。大きな建物だが、手入れは行き届いておらず、汚い。椅子はなく、女たちは立ったまま順番を待たなくてはならない。室内にあるものと言えば細長いカウンターだけで、そこに置かれたインク壺は干上がっており、太っちょのホセと社員の誰かが旅の詳細について女たちに教えるのだった。事務室に外の光は入らず、壁にとりつけられた陰気な蛍光灯が白く照らしている。

　女たちは、焦燥感に駆られて神経を尖らせ、早くから列をなして事務所が開くのを待っており、かなりの時間が経ってから、ようやく太っちょが（汗を垂らし、葉巻をくわえて）父親のような庇護者然とした態度をよそおって登場する。

「皆さん！　ご婦人がた！」鍵を置くや否や、女たちに囲まれたスルタン気取りで彼は叫ぶ。（賤《いや》しいハーレムだ！　とエックスは思うが、何も言わない。）「押さないでください！　あせらないで！　皆さんの分の席がありますから！　順番を待ってください！　ロンドンに行って、向こうに素敵な贈り物を置いてこられるのはもうすぐです！（彼は自分の冗談にすっかりご満悦のようすだ。）このお嬢さんがたときたら、旅に出たくてたまらないんだね！（と言ってエックスに片目をつぶってみせるが、エックスはじっと黙ったままおとなしく傍らに控えている。）押さないでください、皆さん！　全員分の席がちゃんとありますよ！　もしもなかったら」と彼は叫ぶ。やけに嬉しそうだ。「四か月後、五か月後に参加してください。おや、だめですか？　奥さん、あなたはそれじゃ無理ですか？　あなたもですか？」

　彼はけたたましく笑う。エックスを見る。「まるで小娘だよな」とエックスに言う。「見たか？　四、五か月後じゃないと行けないかもしれないと言ったら、泣き出すのもいただろう。わかりました、奥さまがた。冗談ですよ。全員が今回行けるように努力しましょう。もし行けない人がいれば、来週までお待ちください。そうすれば旦那さまがたもご満足でしょう。」

　事務所はいやなにおいがするが、誰も気にしない。女たちは記入用紙を受け取ろうとカウンターに群がる。

「注意事項があります！」と太っちょが叫ぶ。「妊娠週数を偽ってはいけませんよ！　もしロンドンに着いた時点で三か月を越えていたら、望みはありません。手術を担当してくれる肉屋は現れませんよ。そうしたケースについては、我々の事務所は一切の責任を負いませんし、ツアー代の返金もいたしません。そういうわけですから、嘘つきはナシです。おや、奥さん。あなたのおなかはかなり大きいですな。お帰りください。なんですって？　たった二か月？　ごまかしは別のところでやってくださいい！　道中で産んで来たらどうですか！　私のせいじゃありませんよ。奥さんとベッドに入ったのは私じゃありませんからね。」


バスの旅は、たいてい陰気で静かだ。女たちはあまり会話をせず、眠ったふりをするか、ほんとうに眠ってしまう。エックスは女たちを元気づけようとはしない。じろじろ観察することもない。ある種の慎みが彼を止めるのだ。ときには、座席に（彼の席は運転手のとなりだった）深々と沈んで姿を消し、自分が担っている分の責任を消し去ってしまいたくなることもあった、どんな犯罪も関係者全員に責任があるのだ。

ごくまれに、寝つけない女性が席を立ち、タバコがほしいという口実で彼のところに来ることがある。（エックスは出発前に一カートン買っておくのだが決まって気おくれしてしまう。全員にまとめてタバコを供したりするのは侮辱的だろう、あらゆるゲットーを支配する条件と同じぐらい非本質的な条件によってそこに集められた女たちは、個々の人格が消される息苦しさをいっそう強く感じるだろうと思うのだ。）この辱《はずかし》めの原因となった偶発的で本質的でない条件（肌が黒い、カナーンで生まれた、亡命者である、赤毛である、片手がないなどと並ぶ、妊娠しているということ）を共有しているという事実が彼女たちに互いへの敵意を抱かせていることに、エックスはうっすら気づいており、それというのも同じ烙印《らくいん》や短所をかかえている者、あるいは同じ事故に遭った者に対して親しみを感じる人などいないのだ。

道のりは長く、見る価値のある場所はほとんどない。エックスはかすかな音量で車内に音楽をかける。変わりばえのしない曲の連続が一種の催眠状態を引き起こし、女性たちが眠る助けになればと願っているのだ。しかし、内にかかえた不安が鎮まることはない。

バスは飲食休憩を二度とるが、その間も女たちはあまり話をしない。水や清涼飲料を飲み、食事は途中で残し、際限なくタバコを吸う。エックスも同じだ。運転手の近くにある別のテーブルに座り（運転手は食欲旺盛にたっぷり食べ、女性客たちを観察しては下品な意見を披露し、男同士の仲間意識をつくりだそうとするがエックスは鉛の沈黙でそれを拒否する）、新聞のクロスワードを埋めようとする。バスでの移動には、その日の新聞と雑誌をいくつも持っていく。女性客の中に、何か読みたくなる人がいるかもしれないと思うからだ。

女たちをずっしり積み込んだバスに乗り、エックスは週に一度クリニックにやって来る。そこではすべてが正確かつ迅速に行われるよう準備が整っている。女たちは列をなして進み（手術は複数の部屋で同時に行われる）、エックスは彼女たちが無防備な様子で部屋に入るのを見届けてリストの名前にチェックをつけていく。受付の男はタバコを吸い、町のサッカーチームの様子をエックスに訊いたり、ときには頼みごとをしたりする。スポーツくじやポルノ雑誌を買ってきてくれといったようなことだ。女たちが手術室から出て来ると、男はそのたびごとに近くに歩み寄り、親切そうなほほえみを浮かべて手のひらを背中にやさしく当ててやる。一連の儀式のように。

「すべて完璧に済みました、奥さん。顔色も大丈夫です。また今度。と言うか、もうお会いしないことを祈っていますよ。」

クリニックにはそれなりの気づかいがある。受付の男は移民であり、中絶手術を受けに来る女たちと同じ言語を話すのだ。

「私は目が利くんですよ」と男はエックスに言う。「何千という女たちが列に並ぶのを見てきました。でも何人か、見覚えのあるのがいます。何度かここに来たことがあるのがわかるんです。そういう人には、特に丁寧にあいさつしますよ。うちのお得意さんですからね。誰もが二度と来るまいと誓うんですが、遅かれ早かれ戻って来ます。それが人生の法則というやつです。中には、二か月と経たないうちにまた来る人もいるんですよ。どういうわけでしょうね？」

その女性は遅れて、ツアーの切符がすべて売れてしまった後にやって来た。ホセから記入済みのリストを渡されたエックスは、上から下まで機械的に目を通し、二度書かれている名前がないか、ぬけている行がないか確認を済ませたところだった。仕事を終えた太っちょは、暑さに喘《あえ》ぎながらあの永遠のくさい葉巻をふかしていた。女性の髪は金髪で耳たぶの高さで短くカットしてあり、肌はこどものように白く、美しい青色の目は貫くように鋭い。ワンピースはまなざしよりもほんの少し淡い色調だった。「お願いです」と女性はホセに言った。「どうしても今週行かなくてはならないんです。もう三か月ですし、それに……」

ホセは彼女の手から医師の証明書をもぎとった。

事務所の中は暑かった。エックスは壁にもたれかかりながら、蛍光灯を消したいと痛切に願っていた。乳白色の光は、ロンドンのクリニックや、金も記憶もなくした身寄りのない老人たちが棄てられたような状態で死んでいくのを見た数々の病院、そして狂人たちが動物園の檻のような鉄柵の向こうに閉じ込められている精神病棟の独房を思い出させた。

太っちょは、書類をよく見もせずにつき返した。

「三か月と二五日」と彼は容赦なく言い放つ。「無理ですよ。しかも、今回のツアーにはもう空席がありません。その次もです。つまり、来週のツアーもすでに満員なんです。どうしてもっと早く思いつかなかったんですか？」（彼は、壁にもたれてタバコを吸っているエックスの方に顔を向けた。仲間に引き入れようとしているのか、あるいは単に見ただけなのか。そして、いつものように芝居がかった口調で続けた。）「皆さんベッドに入るときはお急ぎになる。なのにその後は、知らんぷりだ。あなたをお連れすることはできません。私どもは厳格な受付順番制で運営しているんです。それに、想像がつくでしょうが、これは、キャンセルして別の人に席を譲るということが起きない、唯一のタイプのツアーなんですよ。この四か月間、何をなさっていたんです？　まさか産むつもりだったとはおっしゃらないでしょうね。」

蛍光灯の光に頭が締めつけられるようだった。あるいはサングラスでも必要だったのか？

「お金を探していたんです」と女性はおとなしく答えた。「これだけ揃えるのは簡単なことではありませんでした。今、失職中なんです。」

「その手の話はよくありますよ、お嬢さん」とホセは無慈悲に応じた。「しかし、この商売はそういうものなんです。どうするつもりだったんですか？　分割払いにしようとでも？」

帰りの移動の方が少しは明るい雰囲気になるということもない。女性たちの間には、やはり会話がない。

「お願いです。」女性は懇願した。

ホセはだいぶいらだっていた。

「完全に無理です」と彼は言った。「お帰りください。またの機会に、今度はもっと時間の余裕を持っておいでくださいよ。来年、次に妊娠したときにでも。」

ドイツでは、ボイエル社が当局に対し、三百人か四百人のユダヤ人妊婦を積み込んで社の実験施設に送ってほしいと幾度も要請した。収容所の混雑緩和に役立つ措置だった。《お願いした荷物を受け取りました》と社長は一九三八年に書いている。《心より感謝しております。我々は新しい化学物質で実験を行いました。生存者はいませんでした。十月末に、次の実験を予定しております。追加で三〇〇人の女性が必要です。前回と同じ条件でご提供いただけないでしょうか？》

彼女の青い目は、かすかにうるんでいた。

エックスは吸いがらを床に捨て、靴底でつぶした。建物の中も外も、ひどい暑さだった。

彼女が角を曲がる前に、エックスは追いついた。

女性は明らかに怯《おび》えたようすで振り返った。

「すみません」とエックスは少し緊張して言った。「もしかしたら、解決方法があるかもしれません。もしぼくの席に座って行くのでよければ、運転手のとなりの席ですけど、お連れすることができます。ぼくは立っていきますから。あるいは、通路にカバンを置いて、その上に座ります。ロンドンではどうにかなります。他にもクリニックがありますし、受けられるサービスは同じです。料金も。運転手が気にするとは思いません。こういうことは初めてですし、彼は運賃をよけいにもらえるわけですから。」

彼女は答えなかった。伏し目がちで、ワンピースの青はそのまなざしよりも少し淡い色合いだった。「バスが出るのは明日です」とエックスはやさしく言った。

「わたし、どこにも行くところがないんです」と彼女は表情を変えずに打ち明けた。「もし会社に知られたら、あなたは解雇されてしまうでしょうか？」

「そうは思いません」とエックスは嘘をついた。「道の途中で拾いましょう。バスが出発したら、その後はもうチェックもありません。この近くにぼくの部屋があります。よかったら、いらしてください。広い部屋ではないけれど快適なソファがあります。」

「ありがとう。」彼女はそれだけ言った。

新たに届けられた女性たちについて、ボイエルの社長は翌月ドイツ当局に送った手紙で次のように言っている。《今回私どもにお送りいただいた女たちはひどくやせ衰えて、大半が感染症にかかっていました。それでも、全員が使用可能でした。生存者は一人もいませんでした。二週間後に次の荷をお送りください。感謝をこめて。》

グラシエラが部屋に入ったとき、エックスは新聞を読んでおり、女性はソファに横になって穏やかに眠っていた。グラシエラは音を立てないように歩き、戸棚型のミニキッチンへ向かった。エックスはグラシエラに近づき、手短に事情を説明した。グラシエラは手際よく紅茶をいれた。女性を起こさないよう、それ以上話はしなかった。彼女の持ち物はハンドバッグだけで、ソファの背にかけてあった。

二人は黙ったまま紅茶を飲み、グラシエラはモリスから朝届いた手紙を差し出した。二人宛てで、アフリカでの生活の様子が少し書かれていたが、モリスは自分の経験よりもパーシヴァルと母親のエバのことを詳しく語っていた。そして中には、グラシエラに宛てた一節があった。複数の国で少女や若い女性に対して陰部封鎖が行われていることを知らせ、グラシエラが実際に訪問して情報を集められそうな場所を示し、自分も同行しようと申し出ていた。手紙にはかなり具体的なことが書かれていた。女性（あるいは少女？　とモリスは問うていた）は一二歳になると（たいていは初潮の後に）村落から遠く離れた場所に連れて行かれ、石やナイフなどの尖ったものでまず陰核を、次に陰唇を切り取られる。その後、太い糸や植物の棘《とげ》で縫い合わされる。皮膚に食い込んだ縫い目は、少女（あるいは女？　とモリスは問うていた）の性器をほぼ完全に閉じてしまう。傷口がふさがるには一週間から二週間かかり、その間に化膿することも多いので、この手術によって命を落とすケースが多い。性器を閉じられた状態で。生き延びた場合は、結婚相手や愛人として売り渡されたり、あるいは衣服や果物の市場で売りに出されたりするのにふさわしい状態になったとみなされ、村落に戻される。陰部封鎖の手術は（モリスの記述によると）、女性たちが再び売りに出されたり、あるいは所有者がそれを望んだりする場合には、再び行われる。村によっては、一連の手続きが神に捧げる儀式として行われているところもある。買い手の側には、代金を払う前に縫合が最近のものであることを確かめる権利がある（とモリスは説明していた）。

グラシエラは紅茶が飲みこめなくなった。ビスケットばかりたて続けに食べたときのような感じだった。

「洗練されたシステムだな」とエックスは諧謔《かいぎゃく》的につぶやいた。「妊婦たちを乗せたバス、陰部を閉じられた少女たち、魚が有害物質で死んでしまうような、行ってはいけない大西洋岸の地点へ向かうクジラたちの自殺。」

「わたし、行こうと思う。」グラシエラは紙ナプキンの端をいじりながら言った。

「縫合しよう」とエックスは答えた。彼には、不快さから解き放たれるためか、あるいはそれに慣れるためなのか、不愉快に感じたことをわざとくりかえして言う癖があった。「君を誘うなんて、モリスは親切だね」とエックスが言うが、この曖昧な言い方では、グラシエラには真意がわからない。「ぼくのことは誘ってないのか？　中絶案内人の仕事をやめて、どこか小さな王国の公式な陰部縫合師になってもいいのに。棘をさすのは丁寧にやるし、後からその棘に一本ずつ違う色をつけてもいいな。買い手を興奮させるためにね。もし行くのなら、君のおばあさんのおばあさんの貞操帯を忘れるなよ。尖った歯のついた、あの鉄製の素敵なやつだ。鍵をしっかりかけておくといい。自分の貞操帯が孫の孫の役に立ったと知ったら、ドニャ・サカリアスは墓の中で喜ぶだろうよ。」

ルシアが目を覚ますと、二人は紅茶とビスケットをふるまった。エックスは少し音楽をかけ、それから横になって休んだ。翌日の移動時間は長く、あまり快適ではないだろう。しかし、眠れなかった。目を閉じると、巨大な棘や制服を着た兵士たちの姿が見えた。

一行は町の中心部を出た後、住宅街のまだ終わらないあたりでルシアを拾った。バスが停車した一瞬の間に彼女は乗った。誰も何も言わなかった。女性たちはそれぞれ物思いにふけっており、その哀れであると同時に恨みを秘めた様子を前にすると、エックスは水やタバコを勧めることができなくなる。彼女が運転手に紙幣を渡すと、運転手は念入りに枚数を確かめてからシャツのポケットにしまい、再び車を動かした。エックスは彼女に席を譲り、通路に立ってしばらく窓の外を見ていた。見るべきものはあまりなかった。変わりばえのしない道に、近隣の工場で働く労働者たちが住む味気ない灰色の建物が立ち並んでいる。あちこちの狭いバルコニーには細い紐が張られ、洗ったばかりの洗濯物が干されている。そこに置かれた植木鉢は、乾いた土と同じ赤茶けた色だった。

「わたしはまだ劇場に行ったことがないんです、ロンドンでは」とエックスは出し抜けにルシアに話しかけた。彼女となら会話をする気が起きた。このバスの中で誰かと話したいと心から思ったのは初めてだった。

彼女はエックスをじっと見た。

「げ、き、じ、ょ、う」とエックスは外国人に話すときのようにくりかえした。「どういう意味かわかりますか?」(彼が女性と話すときになれなれしい口調で話さないのは、かつて一九世紀の小説家を愛読していたことに由来する。時代錯誤ではあるが、だからと言って変えるつもりもなかった。)

彼女はうなずいた。しかし、ほんとうに通じたのかどうか今一つわからなかった。

「劇場」と彼はくりかえした。物事を演じてみせる場所のことです。人生なんかを」とエックスは言った。「でも、本物の人生と違って舞台の場合は正面に人が座っています、客席が舞台の上の方にあるのでなければ。ぼくにはくりかえし見る悪夢があるんですが、その夢でぼくは然るべき場所にいないんです。劇場に入ると、舞台の正面に座っているのではなく、真後ろか横の方を向いている。ぼくだけがその向きなんです、いやな感じでしょう？　自分の座席を他のと同じように正面に向けようとするんですが、ようやく椅子の向きを変えることができたと思ったら、なぜか今度は舞台が別のところにあって、やはりぼくは芝居を見逃してしまう。まったく不愉快な話です。別の夢では、ぼくも皆と同じようにチケットを買って階段を昇り、天井桟敷《さじき》の席に行こうとするんですが、そこに通じる扉を見つけることができません。カーテンが現れて行く手をふさいだり道に迷わせたりするんです。次々に現れる階段を延々と昇ったり降りたりするばかりで、行きたい場所にいつまでもたどり着けません。さらにひどいのは、舞台の真ん中に飛び出してしまう夢です。新たに登場した役者のようだが、困ったことにぼくには台詞《せりふ》がわからない。まったく、はらはらさせられる夢です。上演の夢、とぼくは呼んでいます。もっとも、人間は人生の似姿として演劇をつくりだしたわけですから、芝居の悪夢を見るのも不思議な話ではありません、こうして鏡の像が幾重にも増殖していくわけです。夢の中で芝居を演じていて、その劇の中で眠っているということもある。」

「わたしの見る夢では、わたしはいつも幼い少女なんです」とルシアが言った。「おかしいけれど、わたしは大人になれないみたい。見かけはこどもに見えないこともあっても、確かにこどもなんです。夢を見ているとき、わたしたちはどんな角度から見ているんでしょうか、自分の服や表情が外側から見えるのに、当の自分でもあり続けているわけでしょう？　わたし、夢の中でも視点のことが気になってしまうことが多いんです。夜中に目が覚めて、覚めたと思ったのに、自分であると同時に他の人でもあるみたいに自分の姿を外から眺め続けていることがあって、ほんとうにもう目覚めているのかまだ夢の続きなのか、どうしてもわからない。確信を持つことが難しいんです。」

「夢には」とエックスが言う。「ほとんどことばがありませんよね。そこが芝居と根本的に違う。耳が聞こえても聞こえなくても、夢の中ではほとんど何も変わらないでしょう。」

「わたしはお芝居があまり好きじゃないんです」とルシアが応じる。「ことばの流れるスピードが速すぎて、ついていけないから。わたしはとてもわかりが遅くて、耳で聞いて理解することができないんです。劇を途中で止めたくなることもあります。結晶のようにして、空間と時間の中に台詞をとどめられたらいいのに。そうすれば、前の台詞に戻ってじっくり解釈できるから。でも、いちいち中断することなんてできません。あるフレーズの意味を、その大きさも広がりもすべて含めて理解する前に、次のフレーズが現れては通り過ぎてしまうんです。わたしは鈍いみたい。」

「旅」とエックスが言う。「演劇は移動を伴わない旅のようなものです。これまでぼくは客席に座ったままで世界をめぐってきました。」

「夢」とルシアが言う。「夢の中には年齢もないし、進展もありませんよね。夢の情景は、ほんの少しだけ変化しながら、何度もくりかえし現れる。」

エックスは車内の通路を奥まで見渡した。大勢の女性たちが、不安や孤独に押しつぶされて、眠りに落ちていた。

「奇妙な荷を運んでいるものだな」とエックスは考えを声に出した。「罪のない移送など存在しない。母はぼくに冥府の渡し守《カロン》と名づけるべきだった。」

「コンドームに開いた、目に見えない穴」とルシアが憂鬱そうな声で言った。「あれのせいで、ロンドンの劇場がある。」

「職業病で」とエックスは打ち明ける。「外を歩き、大勢の人の間を通り抜けるときに、つまらない偶然がどれだけ集まったらこれほどの群衆を出現させられるものかと考えるんです。ありふれた、つまらないことですが。ロンドンへ向かうバスや飛行機、収容所からボイエル社へ女性たちを運んで行くトラック、閉じられたように見える子宮の中での信じられないような生命の誕生、大量の人間が行方不明になること、一個のコンドームの中にある運命の変わり目。終わりのない芝居。ぼくたちは最悪のタイミングで舞台に出たり入ったりするんです、遠くにいる、目には見えない観客のために。それでもぼくたちはどうにか台詞をひねり出し、それがせめてものなぐさめになる。それと同時に不安の種でもあります。毎日、何千個ものコンドームから、気づかないほど微量のしずくがこぼれ出る。偶然の鎖をつなぐためのしずく。その連鎖を断つと、何か隠された規範のようなものに違反してしまったような、神の恵みを願う特別な祈りの文句を決まったとおりに言わなかったような、不安な気持ちになるんです。これは奇跡を起こす幸運の鎖です。こうしてあなたのもとに届きました。決められた期間内に指示に従えば、あなたの願いはすべて叶《かな》います。健康もお金も手に入り、恋愛も成就するでしょう。ただし、この鎖を断ち切ってはいけません。鎖を断ったテレサは心臓発作を起こしました。ペドロは指示を忘れた結果、職を失いました。アントニオは腕が折れました。一方、期限までに手紙を送ったフアンは、宝くじで大金を当てました。この手紙の写しを七部用意し、あなたがこれを受け取った日から三日以内に七人の友達に送ってください。リストの最初に書かれた住所・氏名に宛てて一〇ドルの小切手を送ってください。そしてリストの最後にあなたの氏名と住所を書いてください。六週間であなたは一〇ドルの小切手を何枚も受け取ることになるでしょう。この鎖に参加したくない場合も、鎖を断ち切らないでください。お金を送らなくても手紙は送ってください。さもないと、おそろしい危険があなたを待ち受けることになるでしょう。コンドームの鎖、偶然の鎖。」

バスは、水のほとんど涸《か》れた川にかかる大きな鉄橋を通り、ある戦争の、あるいは複数の戦争の記念碑を通り（後方に、墓地に立ち並ぶ石の建造物が見える）、色のついた水が湧き出す泉の近くを通った。

「ぼくは定住型の人間なんです」とエックスは言う。「それなのに、ほとんど常に移動することを余儀なくされてきたので、旅がぼくの第二の自然であるとも言えます。かの詩人が言うように、都市とは心の状態なのでしょう。」

「わたし、町から出たことがないんです。外に行くのはこれが初めて。少し怖い気がします。女の子は旅をしないものなのでしょうか？」

「時間さえあれば、通りを散歩して、いくつか古いカフェにご案内したいところです。レースカーテンのかかった窓。左右対称の美術館の中では、時間の流れが止まっています。美術館の中では偶然が、つまりコンドームが、排除されている。別の言い方をすれば、そこでは偶然がつかまえられて、時間と空間を静止させた画布の一部になっているんです。因果関係と化した偶然。偶然への対処法としてはそれが一番です、もし偶然をつかまえることができるなら。でも、あちこちめぐる余裕はないでしょう。ツアーの時間は、クリニックに入って出ることしかできないよう綿密に計算されているから。ホテルでほんの数時間休む時間がありますが、ぼくはそこにいなくてはならない。お客さんたちが逃げないように見張っておく義務があるんです。ぼくは監視役ですから。後ろめたい見張り番だ。でもぼくはまた来ようと思います。」

「わたしはもう決して再び、しずくの形をした偶然がすべりこむのを許さない。でもわたしに偶然が止められるでしょうか？　屈辱的なのは、このバスや沈黙のツアーやすばやく手術を行うクリニックだけではありません。自分が偶然の、つまりもう一つの抑圧の被害者であると知ること自体が屈辱なんです。もう、二度と男の人とは寝ないつもりです。男性を介して偶然がわたしたちの人生に忍び込んで来て、わたしたちを服従させる。毒を注ぐんです。もう、二度と。男の人たちを介して隷属状態が広がって、わたしたちは鎖につながれるんです。もう、二度と。」

エックスは黙った。バスは都市部に入り、木の生えていない区域を走っていた。男根を持たない男のような区域を。

帰りの車内は暗いままで、話し声もしなかった。運転手は通路の灯りをつけずに走るのを好み、女性たちの大半が眠っていた。カバンの上に腰かけたエックスは、罪と恨みのにおいに舌を苛まれている。あるいは耳をも。あの女性はスカートに肘《ひじ》をつき、握った両手で美しい金髪の頭を支えており、視線は下を向き、靴を見ていた。クリニックが患者に渡すやわらかいスリッパは持ち帰っていなかった。傷病兵のための特別病院。政治犯のための、軍の病院。厄介《やっかい》な敵を放り込むのに都合のいい密林。狂人の船。精神病院の代わりになった船。違反者を閉じ込めておく汚らしい監獄。民間のクリニック。

「水を一杯、いらない？」エックスは途切れがちな声で勧めた。

彼女はガゼルの青い穏やかな目でエックスをじっと見つめ、頭を横に振った。エックスはその視線を決して忘れることはないだろうという耐えがたい確信を抱いた。暗いバスの中でメーターパネルの光に照らされた二人。そのような、一見重要とは思えない記憶というのがあるものだ。覚えておこうとしたわけでもないのに記憶に焼きついてしまう情景。夢の中でのように、エックスは彼女を見つめ、彼女を見る自分のことを眺め、さらに遠くから、二人の姿を見ていた。

バスを降りると、ルシアは送って行こうというエックスの申し出を受け入れたがらなかった。彼に手を（ほっそりとした色白の素敵な手を）差し出すと、助けてもらった礼を言い、いつか彼に会いに来ると約束した。もう、二度と。エックスは彼女が暗い表情で立ち去るのを見た。私たちは愛する人のことを何も知らずにいるのだ、ただその存在が必要だということを除いては。[1]

---

1 《ぼくたちの間には完璧に一致する点があった》とエックスは後で考えた。《ぼくは自分にだけ関係のある理由で彼女を愛し、彼女は自分にだけ関係のある理由でぼくを愛していなかった。》

彼はバーに入った。女性客はいなかった。ビールを頼んだ。女たちは悲しいとき何をするのだろう？　どんな場所に行くのだろう？　どこで憂鬱な気分に風を通すのだろう？　女に許された公の場所はほとんどなかった。きっと、たった一人、台所用品や洗濯機のそばでそうした心の状態を消し去るしかないのだろう。彼ぐらいの年齢で外見も彼に似た（つまり、あまり特徴のない）女が、スミレ色の光に照らされた小さくていやなにおいのするバーに入り、プラスチックのカウンターに肘をついて自然にビールを注文し、店の人から不審感や疑惑や好奇心抜きの自然な応対をされ、しかもどこかの太っていて甘ったるいおせっかい焼きにわずらわされたり挑発されたりすることもない、そんな光景を見たことがあるだろうか？　それが可能なのは年寄りや酔っぱらいの女、そして娼婦《ムヘール・デ・ラ・ビーダ》だけだ。心の中でその語を発したとき、エックスは震えを感じた。まれに見る両義性だ、つまり、一見侮蔑的な呼び方のうちに、隠れた敬意が表されているのかもしれない。生命《ビーダ》の女《ムヘール》であるということは、誰の女でもないということだ。エックスのものでも、台所のものでも、こどもたちのものでもない。その女は生命に属しているのだが、生命とは、私たち、つまりあらゆる人間の主だ。女は悲しみとどうつきあうのか？　多くの物事には掟や慣習があり、男が悲しいときはバーに入り、ビールを頼み、ピンボールのフィールドを転がる銀色の球を眺め、鏡に映る自分の姿を横目でみとめ、その闖入者《ちんにゅうしゃ》、つまり鏡像の客と顔見知りであるようなふりをし、その晩はどこかの娼婦と過ごし、他人の尻の穴に悲しさを射精するのかもしれない、なぜなら男根を持っているのも金を払うのもそのためなのだから、女たちはどこに射精するのか？　どの穴に荷を下ろすのか？　ルシアはどこに行ってしまったのか？　もう、二度と。自由時間は予定されておりません、とロンドンへのツアーの注意書きには記されていた。クリニックに入り、そこを出て、戻って来る、そのためだけに別の都市へ行くこと。ロンドンに出かけたと人に話すことはできないだろう。何かの集まりで女が「少し前にロンドンに行ってきました」と言えば、疑いのまなざしが向けられる。後ろめたい旅。しかも、彼女を劇場に誘うこともできなかった、自由時間が予定されていなかったせいで。

ギリシアでは、不義の罪を犯した女は石打ちの刑に処された。

部屋に戻ると、薄暗い中でグラシエラが荷物を用意しているところだった。アフリカに行って、モリスと合流し、陰部の縫合についての報告を書こうとついに決めたのだ。持ち物は、小型撮影機、ジーンズ、メモ用のノート、その他はほとんどなかった。

「求人広告を見て決心したの」とグラシエラは言った。「ここに来て三か月になるのに、見つかった仕事は化粧品の訪問販売だけだよ。化粧品なんてもう流行《はや》らないことに、まだ気づかないんだね。《若い女性募集。容姿のいい方。意志の強い方。歩合制。》家政婦の募集広告もあったでしょう。でもわたしは毎日誰かのベッドを温める気になんかならない。五区にある店のトランスベスタイトのストリップショーなら出てもよかったんだけど。男の恰好をしてシルクハットをかぶったら、わたしも色っぽくなるんじゃない？　どう思う？（彼女はホウキの柄をつかんでタンゴのステップを踏んでみせた。）胸の谷間にはさまれたネクタイが見られるなら死んでもいいなんて男もいるんだよね。パーシヴァルからあなたに手紙が来てるよ。太陽の光を浴びて散歩するキリンの素敵な絵も入ってる。わたし、質屋に行ってラジオと扇風機とおばあちゃんの形見の腕時計とスチームアイロンとモリスの小型望遠鏡と象牙でできたあなたの麻雀牌を質に入れてきたの。（ごめん、次の給料日に取り返しに行って。ここに証書があるからなくさないでね。）残りのお金はモリスが送ってくれた。すごく珍しい蝶を見つけたんだって。わたしは船で行くつもり。その方が安上がりだし、海岸のうつくしい景色を眺めることもできるだろうから。あなたも来る？　モリスが、みんなの仕事を見つけることも不可能ではないって。つまり、あなたの分もってこと。」

　エックスは無表情に彼女を見た。

「今回は、残ろうと思う」と彼はつぶやいた。

　グラシエラは近づき、額にキスをした。

「行ったまま戻れない旅もあるよね」と彼を思いやり、遠回しに言った。

旅―二〇　白い船

二日後、エックスは港までグラシエラを見送りに行った。彼女は大きな荷物を持たず、髪を少し切って二人が出会った頃のような髪型にしていた。船の大きさは中ぐらいで、全体が白く塗られており、縁起がいいとエックスは思った。海に生きる人々の間で広く信じられていた、白い船に関する古い迷信を思い出したのだ。その昔、海賊や敵に見つかって襲われるかもしれないというので、船を白く塗ることは避けられていた。しかしかつてのニューイングランドの船乗りたちは、白い船は月が護《まも》ってくれるので決して沈没しないと信じていた。言い伝えによれば、一八世紀のこと、ある船団の総指揮を任されていたリヴァプール生まれのイングランド人船長が、モルッカ諸島の付近で猛烈な暴風雨に襲われた。そのあたりには南のモンスーンと呼ばれるひどい風が吹く。船長は、フォアマストを巻きミズンマストをゆるめて風上へ間切っていくよう命じた。しかし帆が裂けてしまい、帆桁《ほげた》を降ろさなければならなくなった。すると嵐のさなかに、船長は舵《かじ》を白く塗らせたのだ。伝説によれば、嵐はたちまち静まり、光り輝く大きな月が空に現れ、残りの航海の続く間ずっと船団につき添っていたという。

エックスは、グラシエラのズボンもサンダルも白いのはいいことだと思った。

「これなら」とエックスは言った。「一人旅じゃないね。月が君と一緒にいてくれる。」

彼は記念に方位磁針を渡し、それから自分がずっと大切に持っていた古い銀貨をパーシヴァルに渡してほしいと頼んだ。あれほど素敵なキリンの絵を描く人なら、こんなコインも持っているべきだと思ったのだ。


数日の間、エックスはどこかでルシアに会えないかとあちこちの通りを歩き、広場のベンチに座り、バーでコーヒーを飲み、美術館を訪れた。彼女に似つかわしいそれらの場所で見つけられたらと思っていたのだが、この捜索は実を結ばないかもしれないという疑いをぼんやりと抱いてもいた。愛する相手がふさわしい場所にいるのは、私たちの想像や夢の中でだけなのだ。

「そんなに情報が少ないんじゃ、人探しは難しいですよ」とバーの男はビールを出してから言った。「写真か、せめて名字ぐらいはわからないと。」（そんな女性ならそこらじゅうにいる、と男は考えた。なぜ他の女じゃいけないんだ？　何が特別なんだろう？　年は若く、他の女たちと同じで醜くもなければ美人でもない、ということらしい。きっと場末の安い下宿の薄暗い部屋に住んでいて、食事もろくにとれず眠ることもままならず、職はなく、どこかの汚いカフェのカウンターか、あるいはもっとひどい場所に行きつくことになる女だろう。とはいえ、人にはそれぞれ執着するものがある。自分は競走馬が好きだ。馬には一頭一頭、個性がある。ファイサン。エンペラドール。ジュニオール。エリオガバロ。

それなのに、馬の見分けもつかない間抜けな奴らもいるのだ。）「新聞は見ました？」と男は訊いた。

いや、とエックスは言った。ときおり、新聞への愛着が薄れ、新聞の存在を無視したくなる時期がある。新聞を読まないのは世界の一員であることをやめる行為であり、無力ではあるが立派な反抗のようなものだった。

「どうぞ。」男は上着を脱いだシャツ姿で、黒い紙巻き煙草を吸いながらことばを継いだ。そして新聞を手渡したが、それは何か譲歩でもするような、見知らぬ男（友人ですらない男）に対する私欲はないが気乗りのしない手助けのような、寛大さではなく思慮分別に動かされた行動だった。「気をつけて」と彼は注意した。「レース予想のページにシワをつけないでくださいね。」

一面の写真にエックスが見たのは、中年男性と、コートに身を包んださらに年配の女性の姿であり、二人の間にはボタンのたくさんついた機械が儀式の祭司のように鎮座している。写真の題は「心を持ったコンピューター」だった。小さい字で印刷されたキャプションには、次のようにあった。


ホルスト・クレブスさん（デュッセルドルフの会社員、四九歳）は母親のエフライトさんと三五年ぶりの再会を果たした。母と息子は第二次世界大戦の末期に生き別れになり、互いに相手は死んだと思っていた。ホルストさんが勤務先のコンピューターに母親についてわかる限りのデータをすべて入力したところ、驚いたことに、彼女が生きていることを示すよろこばしい情報が出てきた。彼女の現住所が即座に表示されたのだ。

「ぼくはそんなに待ちたくありません」とエックスは新聞を返しながら言った。

「三〇年」と男は言い、黄ばんだ歯の間から唾を吐いた。「そんなに長い間待てる相手は、自分の母親だけですよ（あるいは馬、と彼は考えた）。これほど会っていなかったのだから、今頃、二人はお互いの合わない部分を比べているかもしれませんね。」

エックスは姿勢を変え、鏡に映った自分の姿から、彼を見つめる険しい視線から、逃れようとした。

「どうして探偵に頼まないんです?」と男が本題に戻る。「映画なら、こういう場合そうするでしょう。小説でも。」

バーにはほとんど客がいなかった、まだ早い時刻だったのだ。エックスは金を払って店を出た。

旅－二一　謎

夢の中に、謎のように浮かんでいる問いがあった。自分の娘に恋をした王たちが求婚者に課した、謎かけのようなものだ。

娘を渡すまいとする王の考えた難しい謎を解こうと、浅はかな情熱に身をゆだね、首をはねられた王子や騎士たち。夢の中で、エックスはその問いかけを聞いていた。《愛する女に男が差し出すことのできる最大の贈り物、愛情の証とは何か？》

彼は大衆食堂に入り、食事二皿にデザートとミネラルウォーターがついた安い昼定食の代金を払った。店はいつもどおり混みあっていた。緑のペンキで塗られた壁に目をやると、ところどころに湿気でしみができている。チョリソーが油の中を泳ぎ、そのとなりに目玉焼きがある。場合によっては、求婚者には二回答える権利が与えられていた。姫（間違えて王妃や女奴隷の名前を呼ぶ父王に、夜闇にまぎれて愛される姫）に恋い焦がれる貴い首のもとに呪われた斧が近づくのは、二度目にしくじってからというわけだ。白い天井に据えつけられた侘《わび》しい蛍光灯が、貧相な光をまき散らしている。テーブルク

ロスは紙で、客が入れ替わるたびに取り換えられる。老人たちは歯のない歯茎でゆっくりと咀嚼《そしゃく》してお
り、貧乏な学生や娼婦もいた。

《記憶の中の都市、夢で見た都市、あるいは想像上の都市だろうか？》とエックスは考えた。それが答えなのか？　夢の中では混乱しながら問いかけを聞いていた。謎による抑圧を感じていた。儀式じみた、重くのしかかる謎。次は間違いなく斧に首を切り落とされるだろう。

空いている席は一つしかなかった。貧しそうな熟年女性のとなりで、彼女は目の前にあるコップをじっと見つめながら黙ってゆっくり食べていた。

エックスは皿を持って通路を進み、近づいた。蛍光灯の光が抑圧的だった。

「いいですか？」と女に訊き、椅子を引いた。

彼女は驚いてエックスを見上げた。前の晩に誰かに殴られたらしく、顔が腫《は》れぼったかった。片方の目は腫れて涙が流れており、もう一方の目は打撲によって形が変わり、頬にこぼれてきそうだった（《最大の贈り物、愛情の証とは？》とエックスは頭の中でくりかえしていた）。

席についた。女性はすぐに両目を、殴られてぼろぼろになった人形の取れかけた二つのパーツを、下に向けた。ものをかむのも大変そうにしており、殴られた衝撃であごのかみあわせがずれてしまったに違いなかった。パンはそもそもあきらめていた、今の状態では獲物として硬すぎるからだ。それでも彼女の所作《しょさ》は繊細さや素直さを感じさせ、その動きはなめらかであり、頬や首に見える黒ずんだあざの存在を全身で否定しようとしているかのようだった。手は色白だが皺だらけで静脈が青く浮き出ており、大きな緑の石や透き通ったガラス玉のついた派手で安っぽい指輪をいくつかはめていた。指は金属の錆《さび》

で黒くなっている。ありふれたブレスレットを重ねづけしていたが、彼女のやせ細った手首では、まるで迷い犬のくたびれた首輪のように見えた。それでも、手の動きはある種の威厳を感じさせた。

エックスは空になったコップを見て、水を注いでやった。のどが渇いているのかどうかはわからず、彼女の左の目からはとめどなく涙のしずくが流れて皿に落ちていた。それでも彼女は顔を上げ、満たされたコップを見ると、一口飲んだ。一口だけ。面白いな、とエックスは思った。水をたった一口。大胆に開いた襟《えり》ぐり（と言っても、そこからのぞいているのは張りを失いやせこけた貧弱な胸だけだが）には大きな青い血腫が見え、まるで目の下の隈《くま》がそこまで続いているようだった。古くなって色褪《いろあ》せたブラウスにはたくさんのスパンコールが、あるいは以前スパンコールがついていた穴がたくさんあった。《君は来る、光と色に照らされて》とエックスは頭の中で唱えた。ぴったりとしたライラック色のサテン地のズボンに年季の入った黒いハイヒールをはいていたが、細長いヒールはすり減って歪んでしまい、よっぽど器用な足を持っていなければ歩けないような代物《しろもの》だった。

二皿目はインゲン豆とジャガイモだった。エックスは後から食べ始めたのに、女性に追いついた。彼女がぼんやりしながら豆を一つずつ刺していたためか、ずれたあごでかむのが大変だったせいだろう。「犬は入れてもらえないのよ」と女は不意に、彼のことを特に見るでもなく、つまり実際には彼を見たのだがまるで見ていないかのように、言った。「この店に、犬は入れてもらえない」とくりかえした。

エックスには、犬にやるために食事をとっておく人がいるようには思えなかった。その店について知る限り、そこでしか食事ができない人たちは誰もが腹をすかせていたからだ。

「猫もですね」とエックスは埋め合わせるように言った。

「昨日の食事は少し冷めていて」と女が言った。「気に入らなかった。あなたは？」

エックスは自分に話しかけてくれた彼女の優しさに礼を言いたくなった。

「昨日は来なかったんです」と彼は答えた。「眠ってしまっていて」(女の目からは涙が流れていたが、彼女は気にもしていなかった。腫れた額の青色は、まるで淋しい髪飾りのようだった)。

「トマトソースのスパゲッティだったの」と女は教えてくれた。「でも、ちょっと冷めてた。もしかすると、わたしが来るのが少し遅かったのかも。今日のデザートは、プディング。」

「二つ食べたいですね」とエックスは会話を続けるために言った。

「二つはもらえない」と女が恨めしそうに答える。ブレスレットが少し音を立てた。それほど大きな音ではなく、遠くからかすかに聞こえる音楽のようだった。空き地に捨てられた空き缶のような。エックスの顔にしっかり焦点を絞って見ようとしても、うまくできなかっただろう。彼女の目はまるで眼窩《がんか》からあふれ出るように、母親の胎内から出て来るように、殴打の海で難破したようになっていた。

エックスは立ちあがると、プディングを二皿取って戻った。エックスが行って戻るのを女は見ていなかった。遠くからでも彼女のあざは近くで見るのと同じぐらい目立ったが、細かい部分はわからなかった。たとえば腫れあがった額の静脈の筋は、遠目には一つのこぶのように見えた。しかし面と向かって近くで見ると、河川やその支流が描きこまれた小さな地図のようだった。

彼はプディングの皿を彼女の前に置いた。カラメルのかかった表面がわずかに揺れた。エックスはスプーンをとり、それを沈める前に一瞬ためらった。

「よく冷えてますよ」と、彼女に勧めた。

自分の娘に恋をした、いにしえの王たち。難しすぎて解けない謎かけをひねり出す。首をはねられた求婚者たち。錯乱の夜に、王妃や女奴隷と娘の名前を言い間違える。

女は彼のそばを離れるつもりはないようだったが、あえて誘おうともしなかった。それで二人は階段を一緒に降りた。とはいえ、心を決めて行動したのではなく、ある種の偶然のように見えた。とにかく、熱心に彼を手に入れようとしたわけではなかった。自分の魅力にあまり自信がなかったからか、あるいは娼婦としての嗅覚が彼女に多くを教えたのかもしれない。

「一緒に来る？」と彼女は誇ったが、情熱があるふりをすることもなく熱心にもならず、その提案自体にあまり魅力がないかのような、レースが始まってしまった後でただ契約を守るためだけに遅れて走り始める騎手の姿を思わせる感じがした。「わたし、部屋を持ってるから」と、社交辞令のようにつけ加えた。

夢で聞いた謎かけはこうだった。《男が差し出すことのできる、最大の贈り物、愛情の証とは？》

エックスは首を振って断った。

彼女は少しだけがっかりした様子で彼を見た。

「ほとんどお金はとらないわよ」と熱もこめずにつけ加えた。

雲がたれこめ、そのせいかあらゆるものが灰色に見える。

エックスは同じ動きをくりかえした。

するど彼女は、彼の腕に触れ、ただ自分の方を向かせるぐらいに軽くさすった。片方の目から涙が間欠泉のように湧き出ていた。

「困ってるの。」ついに女は途切れがちに打ち明け始めた。「わたしたちが一緒に階段を昇るところを人に見られるだけでいいから……」彼女は打ちのめされており、懇願することもいとわなかった。「部屋まで来てもらえるだけで……」そのことばは、負傷兵が構えた盾のように宙で震えた。

エックスは何も言わず彼女についていった。灰色の汚い鳩たちが前を歩いていた。そのうちの一羽は、動かなくなった右脚を引きずっていた。鳩たちは想像力も展望も持たず、遠い地平線を視界に入れることもなしに、地面の上を低く飛んでいた。

階段の下では、病気の男が汚い新聞紙を脇に置いてほどこしを求めていた。彼の見せている傷跡は女の傷より少し大きいだけだった。足にかさぶたのできた薄汚れたこどもたちが、タバコの吸いがらとオレンジの皮がちらばっている中で遊んでいた。小便と濡れた服と魚のスープの強烈なにおいがしていた。

二人は昇った。階段は長く、木の欠けているところがあった。片方の足を段にのせたとき、エックスはめまいを覚え、恐怖で心臓が跳ねた。虚空に足を踏み出したように感じたのだ。亡命者たちの話を思い出し、うろたえていた。銃殺刑のまねごとや、崖の上でかぶされる頭巾のこと。しかし、我に返った。悪臭のする汚い階段は、上へと続いていた。それから彼は片方の足、その次にもう一方の足と、自分の動きをしっかり意識しながら段にのせていった。ときおり、階段を下りるときにもこれと同じ感覚に襲われることがあった。階段が急に途切れ、無邪気に一歩踏み出してしまったせいで宙に放り出されるという感覚だ。最悪なのは落ちることではなく、段を踏みはずしたと確信することであり、安定した状態がいつまでも続くはずだという仮定に基づく信頼の鎖が切れてしまうことだった。《それでも、誰しもいつかは死ぬ》とエックスは自分に言い聞かせた。

部屋に着くと、彼女はドアを押した。

二人は中に入った。エックスの目に入ったのは、ベッド、はがれかけた鏡、タオル、洗面器、古い蛇口のついた小さな洗面台、人気俳優の写真が入った額縁、キリストの磔刑図《たっけいず》、粗末な造花をさした花瓶。一つしかない窓にはほこりっぽく薄汚れたカーテンがかかっている。ソファの上に服が何枚か重なっている。ラジオ。黒い楕円形の古くて巨大なラジオ受信機が、手縫いの刺繍がほどこされた白いテーブルセンターの上に置かれている。それは部屋でただ一つの装飾品であり、持ち主が特別な感情を抱いていることを示していた。ラジオに対する、おそらくは歯止めのきかない愛着。犬や鳥や一人でやるトランプ遊びに対して抱く愛着のような。

彼女は頼まれもせずに服を脱ぎ始めた。気の進まない様子で、よろこびや満足をよそおうことさえせずに。《いにしえの王たちが》とエックスは考える。《自分の娘に恋をして、求婚者たちに難しい謎をつきつける。彼らは間もなく首をはねられるだろう。》正しい答えは何なのだろう？　犠牲を出さずに済ませられる、唯一の答えとは？

女の体にはあざがあり、大きな静脈瘤や封蠟《ふうろう》に似た血腫があった。しかし、その中に得体の知れない威厳があった。骨格は華奢《きゃしゃ》で、しかも非常にやせていた。ベッドに身を投げ出して背もたれに頭をのせた。タバコを求めるしぐさをした。エックスは火をつけて渡した。この要求のおかげで、彼は黙ったままの受け身の状態から救い出された。言語の使用を、そしておそらく、筋肉と腱の使用をも、取り戻すことができたのだ。

「いいタバコね」と彼女は何とはなしに言った。

彼は箱ごと差し出した。

「くれとは言ってないわよ。欲しいわけじゃない」と彼女は抗議した。《場合によっては》とエックスは考えた。《何も差し出さないのが一番いいこともある。》それが答えなのだろうか？　考えてみた。《何も捧げないこと？》

そして箱をポケットに戻した。

「服を着たままでいるつもり？」とうとう不機嫌になった女がもどかしそうに訊いた。

エックスは彼女の顔をじっと見つめた。それから口を開いた。「かなり前から、勃起しないんだ」と感情の出ない声で宣言した。「ぼくにとってはどうでもいいことだ。今ここでも、別の機会にも、このことについて話すつもりはない。」

エックスの表情のうちにある何かが、笑うことも、不満を言うことも、抗議することも、あまりこだわることすらも、彼女に思いつかせなかった。

「もしどうでもいいわけじゃないなら言うけど、性的不能って一種の調和だとわたしは思う。」

エックスにとってはどうでもよかったし、女の言ったことはわかりにくかったが、それでも、理解できた。不可解なことに、彼は理解したのだ。それどころか、同意する気にさえなった。

「ちょっと脱いでみるか」とエックスは宣言した。「そうしない理由は何もないし、それにこの部屋は暑い。」

彼は服を脱ぎ、シワにならないよう細心の注意を払った。服をたくさん持っているわけではないのだから、大事にするに越したことはない。そして裸になった。両脚の間には弛緩した性器がぶらさがっており、それはどんな人のいかなる視線を受ける値打ちもなかった。
女のとなりに身を横たえ、タバコをもう一本出して火をつけ、犬が好きなのかと彼女に訊いた。

部屋を出て階段を降りたとき、頭の中で何かが明るくなったような感覚があった。理由はよくわからないものの、例の夢の解決に一歩近づいたような気がした。週に二度か三度くりかえして見る夢の、いまだ正解の見つからない謎が重くのしかかり、三つか四つの答えを考えてみたが解けたという確信はまったくない。《いにしえの王たち》とエックスはくりかえした。《自分の娘に恋した王たちが、つきつける。難しい。謎を。純真な求婚者たちに。彼らは首をはねられる。》頭の中が少し明るくなった感覚に背中を押されて、彼は町を歩いた。美術館の近くを、扉が見つからなくてもほこりと永遠のにおいが自分をどこかに導いてくれるだろうと確信しながらうろついている人のように、行き先も決めずに歩いた。昔の旅というのはそんなものだった。謎に包まれた海や空想の生き物たち、想像上の海岸や存在するはずの島々が描きこまれた不正確な地図を携えて出発するのだが、それでもついに、提督は王に宛てて手紙を書き、嵐に導かれてたどり着いた遠くの土地には巨大な木々や薬草が生えており、そこには異なる種族の人間が住んでいるという発見を伝えることになったのだ。類推や想像の原理によって行動しながら。

褐色の鳩たちが彼の行く手に現れた。

店の入り口のポスターには、こう書いてあった。

センセーショナルな見世物
三ステージ連続のショー
ポルノ&セクシー
注目のトランスベスタイト
男か女か?
とにかくご覧ください
決めるのはあなたです
(成人向け)

エックスはぼんやりと写真を見た。モノクロの写真で、フラッシュをたいて撮影されたらしく、人物にも背景にも奥行きがない。しかしポスターの紙には光沢があり、街燈に照らされてやけにきらめいていた。男たち、女たちの頭には羽飾りが輝いている。男女の脚にダイヤ柄のストッキングが燃え上がる。デコルテにガラスのアクセサリーがきらめき、両手の指にはめられた指輪は蝶のようだった。

店に通じる階段はひどく汚かった。エックスは再び写真を見た。何かが気になって仕方なかったのだが、突然その中に見覚えのある顔を見つけ、あわててチケットを買った。目はかすみ、手に汗がにじんだ。タバコがないのもかまわなかった。扉の近くにはみすぼらしい身なりをした卑猥な感じの男がおり、ポルノ風のポストカード、避妊具、香水の小瓶、ローション、エロティックなヌード写真、スポーツ選手のカレンダー、裸の美女の絵がついたボールペンなどをしわがれ声で売っていた。エックスは男を押しのけるようにして通った。何が。最大の贈り物か。愛する。女に。男が。差し出すことのできるものは。

客席の明かりは消えていた。ショーはすでに始まっていたのだ。案内係はおらず、ありがたいと思った。端の方で柱の陰に立ったままでいられるからだ。どちらかと言えば小さい店で換気設備はなく、長方形の箱のような形をしているので後ろの列からはよく見えないに違いなかった。中の空気は胸がむかつくようだった。店を埋めつくすシャツ姿の破廉恥な男たちは汗だくで、アルコールと古くなった油のにおいがした。客席の最前列はステージからたった数メートルしか離れていない。場所の節約になるだけでなく、客と演じる側の両方を興奮させるような、ある種の親密さを生む効果があるのだろう。座席に深々と座った客たちは、匿名の集団の一員であることや入場料を支払ったという事実、上ではなく下にいること、脂肪のついた腹や臭い息やくだらない冗談や脚の間にある反射性の筋肉を持っているということなどによって誤った安心感を抱き、叱られることのない幼児期に、天真爛漫《てんしんらんまん》で無責任な支配者としてふるまっていたあの頃に、退行しているかのようだった。

匿名性と、一つの同じ集団に属しているという感覚（店内に女性の姿はほとんどなかった）が、挑発的で卑猥な、間違った意味で純真な行動を誘っていた。あちこちから冗談やからかいの声、言い返す声、ふくらませた袋が破裂する音、長いげっぷ、冷やかしの口笛、拍手、足をばたばたさせる音が聞こえてきた。

彼が入ったとき、ショーはもうすぐ終わるところだった。それでも、複数の人が出ている演目の一つに、男装したルシアの姿を見つけることができた。彼女はシルクハットを（短い金髪の上に）かぶってネクタイをしめ、ゆったりしたズボンをなびかせて『愛の嵐』のシャーロット・ランプリングを演じていたが、そのランプリングは『地獄に堕ちた勇者ども』のヘルムート・バーガーを真似し、さらに彼は『嘆きの天使』のマルレーネ・ディートリヒをなぞっていた。つまり、マルレーネ・ディートリヒが模倣の鎖の出発点であり、終結する点だった。リリー・マルレーンを歌うマルレーネ。

bei der Kaserne
vor dem grossen Tor
steht eine Laterne
und steht sie noch davor
da wollen wir uns wiedersehn
bei der Laterne
wolln wir stehn
wie einst Lili Marlen
wie einst Lili Marlen
und sollte mir ein Leid geschehen
wer wird bei der Laterne stehen
mit dir Lili Marlen
mit dir Lili Marlen

マルレーネが（イヴニングジャケットにシルクハットをかぶり、黒くて長いシガレットホルダーを手にして）ある晩ビバリー・ヒルズで、ドローレス・デル・リオと腕を取り合って入ってくる。二人は結婚式に参列するのだ。糊《のり》のきいたシャツの下にあるマルレーネの胸はほとんど平らで、ドローレスは長い髪をおろし、胸に赤いバラを一輪さしている。マルレーネはかすれ声で辛辣なことばを優しく撫で、新郎をからかう。マルレーネとドローレスがシャンパン（そこには花びらが一枚浮かべてある）を飲んでいる。男装して男たちも女たちも魅惑しているマルレーネ。白く輝く見事な歯を見せて笑顔をふりまくドローレス。

ルシアがマルレーネを真似ており、そして誰か（女装した男、あるいは女性、トランスベスタイト、アイデンティティーのしるしを変えて自分の幻想を引き受けた人、こうなるべきだと定められたとおりになるのではなく、なりたいようになろうと決めた人）がドローレス・デル・リオだった、何年も前のドローレス・デル・リオ、激しいメキシコ女あるいはチカーナの姿の、夏の夜のほほえみではなく闘牛や銃弾が似合い、ヘミングウェイがそこで執筆したがりそうな、ヘンリー・ミラーがそこで射精したがりそうな（あるいはその逆の）塵と砂にまみれた闘牛場にいる男たちの所有欲をかきたてる女傑《じょけつ》の役の、そして二人の女（あるいは女と男と言ってもいい）がステージに現れ、客席から口笛が飛び、マルレーネにドローレスを犯せと、あるいはドローレスにマルレーネをモノにしろという声があがり、喧騒の中で古びた蓄音機がローラ・ローラの曲を奏で、ここにいる方はどなたもジョセフ・フォン・スタンバーグのことを覚えていないでしょうが（信じられないことに、ルシアはマイクを通してそう言った）、彼がマルレーネをアメリカ合衆国に連れ出して大スターにし、ナチスの火の手から彼女を救ったのです、そして不意にイヴニングジャケットに手をかけると音楽に合わせてリズミカルに脱ぎ始め、それを遠くに（舞台の奥にいるドローレスに向かって）投げると観客はしばらくの間叫んだり口笛を吹いたりするのをやめた、彼女は糊のきいたシャツに包まれた繊細な腕の厳《おごそ》かで威圧的なしぐさによって、ヘビ使いのように彼らをついに黙らせたのだった（《ということは》とエックスは考えた、《野獣たちにも彼女の手が執り行う儀式がわかるのだ》）、今度は両手を襟にあて、ほっそりとした白い指が洗練されたしぐさでそれをはずしにかかり、はずした襟を観客に見せる（彼らはこれから起こることを予想して、またもや叫んだり口笛を吹いたりしていた)、シャツのボタン(真珠貝に似せたもの)を一つ、また一つと、ボタン穴にくぐらせる、何人かの客が手伝ってやるよと声を上げるが、ドローレスが、気性の激しいチカーナが、自分たちの領域を侵させない、ドローレスはそうはさせない、払った金は見物料だ、触っちゃいけないよ、お客さん、あんた自分を何様だと思ってんだ、畜生、ファンが叫ぶ、続けろ、続けろ、そしてルシアはカフスボタンに手を持っていき、百合の花が描かれたそれを何とも優美にはずし、ドローレスが受け取る、供物《くもつ》を受け取るのはまずは彼女だが、それから、二組の手に、ドローレスとマルレーネの手による祝福を受けたボタンは観客席へと投げられ、儀式はまだ続く、マルレーネが今度はズボンのフロントに手をかけ、まずはウエストのホックに両手を添えると、しばらくじらしてからすばやく開き、それからボタンを一つずつはずす、ボタンは見えないがそこにあることは間違いない、ドローレスの口から泡のようなものがのぞき、ドローレスは舌をのぞかせて暴力的な紫色に塗られた厚い唇をなぞり、観客の誰かがうめき声をあげ、別のところでは気絶をよそおう者がいる、マルレーネは前を開けたまま黒いシガレットホルダーを口に当て、ゆっくり一服し、さらに長く吸いこみ、煙をしばらく喉にとどめ、それから鼻へと昇らせ、楕円形にして解放し、放出された同心円の煙の輪はゆらゆら客席へと消えていく、マルレーネがドローレスにシガレットホルダーを渡すとドローレスは彼女の正面に立ち、口から今出て来たばかりの煙の輪をつかまえ、二人の唇が触れあい、観客はもっとやれと要求し、マルレーネはくるりと背を向け、ズボンが少しだけウエストからずり下がる、前を開けてあるのでゆるくなっているのだ、シャツの前立ては外側を向き、袖口は広く開いている、客席に背を向けたままで自分の肩を愛撫する彼女の短い金髪は華奢なうなじを完全には隠していない、彼女は両手を首にあてる、蓄音機がローラ・ローラの曲を奏で、赤と白の光がちらちらといそがしくステージ上を動き、彼女はおしりを動かし始める、小さなおしり、色白の素敵なおしりを、最初はゆっくり、ズボンが少しずつ降りていき、それから自分で乱暴にシャツをはぎとると遠くに投げ、まだ背を向けたまま、光の色が白、青、赤、黄と切り替わるスピードに合わせて動きを速くしていき、ズボンが完全に落ち、脚を上げてそれを脱ぎ、ステージの奥へ投げ、正面に向き直る、一糸まとわぬ姿で、小さな丸い胸、明るい色の乳首、ほぼ金色の毛がきれいに切りそろえられた恥丘、白い光が彼女の体を撫でるようにかけめぐる、首から腰へ、それから脚へ、客席はまた静まり返り、彼女はそっと身をよじる、赤い光が腿《もも》を照らし、腕を動かす、白い光が恥丘を照らし、脚を開く、青い光が顔にあたり、地面に突き刺したハサミのように立っていたドローレスが欲情に駆られ、音を立てずに近づいてくる、口は唾であふれている、割って入ったドローレスを暗い光が照らす、気性の荒いチカーナ、お前にマルレーネがのしかかるなんて誰が思っただろう、ドローレスは湿った卑猥な生き物がはうように進む、白い光がドローレスの色黒の腕にからみつかれたマルレーネの脚を照らし、口が舌を発射する、興奮したすばしこい毒ヘビだ、舌は（遠くからでも見えるよう赤く染めてある）ゆっくりとくまなくなめながら進む、脚の側面をかすめて通り、膝を登り、腿を突進し、ときには後退もしながら（きっと十分に濡れていない箇所があったのだろう）、マルレーネは頭を右から左に、左から右に振る、ドローレスは恥丘の輪郭に向かう、長く強くなめる音は空気をえぐり、その音は観客によってくりかえされ、青い光が恥丘の産毛を、金色の森を照らし、舌が短く鋭く突く、唾を飛ばして鞘《さや》から出たり入ったり、突いては戻り、進んでは後退し、かみつき、舌がひっかき、獲物を喰らうライオンのように牙に毛をつけて立ちあがり、金髪に近いその毛を観客に見せ、先端を恥丘のくぼみに挿し込み、尖らせて入れ、裏返し、回転させ、白い光が、舌が貫いて深く掘る円を照らし、観客の誰かがうなり、別の誰かが吼《ほ》え、湿った跡が床に広がり、マルレーネが背を向け、ドローレスが片手を脚の間に挿し入れる。

エックスは手さぐりで楽屋を探した。見つけると、扉を押して中に入った。もう絶望的にタバコが必要だった。部屋は狭くて暗い。花模様の緑の壁紙を一本のロウソクが黄色く照らしているだけだ。壁紙はあちこち破れている。ハエのしみのついた長い鏡が木箱に立てかけてある。壁の洋服かけに衣装がたくさんぶらさがっている。吸いがらのあふれかけたガラスの灰皿。脚が一本短くなって傾き、紙でつくった装飾や花飾りが山のように積まれた肘かけ椅子。それからガラスの花瓶が一つ。小部屋には三、四人の女がおり、エックスは薄化粧のルシアを見つけた（目の下に青いシャドウを引き、繊細な上唇の上には金色の産毛のつけひげをつけていた）。細身のズボン姿のルシアは振り向きざまに彼の姿をみとめ、驚いた。彼女は驚きを隠そうとしたが、化粧をした目の青いまなざしに一筋の光が走った。シルクハットをかぶっていた。白い手袋。あふれそうな灰皿に火のついたタバコが一本あった。

彼女は一瞬、彼をまっすぐ見つめた。

それから決然と言った。「もう、二度と。」

エックスは扉の脇に突っ立っていたが、他の女たちは自分を見ているはずなのに関心も驚きも示さず、まるで自分が物になったように感じ、いたたまれなかった。扉のそばにあるじゃまな机か洋服かけとでもいったところか。

それからルシアに近づき（彼女は彼をじっと見つめ、ほとんど音もなく「もう、二度と」とつぶやいていた）、とてもやさしく彼女の短い金髪に、耳たぶにも届いてない髪に、手を触れた。

男の服に身を包み、青く輝くまなざしをアイラインで強調し、頰にはパウダーを、耳には控えめなピアスをつけてエックスをじっと見ているのは美しい若者であり、エックスはその二重性に圧倒された。彼が見つけたのは、彼のために燦然《さんぜん》と輝きながら広がっているのは、同時に存在する二つの世界、二つの異なる呼びかけ、二つのメッセージ、二つの衣装、二つの知覚、二つの言説であり、それは異なると同時に分かちがたく一体化しているためにどちらかが優勢になれば両方の消滅につながりかねないようなものだった。それどころか、片方の美しさがもう一方のそれを倍増させていることにも、彼は気づいていた。二組の目に見られているような、二対の唇に囁《ささや》かれているような、二つのすばらしい頭部がつくりだすリズムにはさまれているような気がした。啓示は耐えがたいほどのものだった。すべてのものに浸透していた。だが彼女の前では、そっと控えているしかなかった。

「知ってる？」とエックスは彼女に話しかけた、確信に酔いかけて、あるいは霊感を受けて、やさしい気持ちになって。「ぼくの見る夢に謎かけが出てくる。同じ夢を何度も見るんだ、抑圧的な、何度も反復する夢。その夢には、自分の娘に恋をしたいにしえの王たちが出てきて（その娘というのが君だ、君は王に欲望される娘として夢に登場する。王には娘の名前を呼ぶ勇気がなく、妻や愛人の名と間違える）、娘の求婚者たちに謎かけをするんだ。王の娘にふさわしい相手であると認められたければ、ぼくは謎を解かなくてはならない。その謎というのはこうだ。愛する女性に男が差し出すことのできる最大の贈り物、愛情の証とは何か？」

「なんて難しい問いだろう！　夢の中のぼくには答えがわからない。戸惑い、混乱し、あわててしまう。チャンスは一度しかないのに、言い当てることができない。色々な答えを考えたんだ。ひょっとすると、謎かけ自体に意味の不確かな表現が含まれているか、罠が仕掛けてあるのかもしれない、実は何もしないというのが答えなのかもしれないとも思った。でもぼくは間違っていた、今はそれがわかる。君を見てわかったんだ。君が、ぼくの望んでいた証拠を示してくれた。ぼくは今夜あの夢を見られると思う、そうしたら答えるよ。不思議だな。答えはずっと前からぼくの中にあったのに、夢の中では声に出して言う気になれなかった。それはきっと、誰よりも先に王の娘に答えを伝えるべきだからだろう、だって謎を思いつかせたのは王の娘なのだから。君が正しい答えを受け取ってくれれば、ぼくは抑圧《ビリリダー》から解放されて、夢の中でそれを口に出して言うことができるようになると思う。その答えは、雄々しさを手放すことだ。」

いにしえの王たち。自分の娘に恋をして。難しくて解けない謎を考え出す。恋する求婚者たち。答えがわからずに。首をはねられて死ぬ。いにしえの王たち。自分の娘に恋をして。熱狂の夜ごとに。王妃の、あるいは女奴隷の名と呼び間違える。《愛する女性に男が差し出すことのできる最大の贈り物、愛情の証とは何か？》と王が厳かに尋ねる。夢の中、時は夜で、広い野原にいる。星も月も、木も水もなく、鳥も魚もいない。王のための小屋が一つ、遠くの野営地にあるだけだ。夢の中のエックスは、闇の向こうを見ようと、暗がりに愛しい王の娘を見つけようとする。彼女にふさわしい存在になるとは、答えを知ることだ。老王は尊大に野を歩き回り、決して答えは当てられないだろうとの確信を胸に、高慢な態度で彼を見る。そこでエックスはすっくと立つ、夢の中で彼の瞳は勝ち誇って輝く、彼は静かに王のもとへ歩み寄ると、その顔に向けて、大きな声で、ゆっくりと告げる。《愛する女性に男が差し出すことのできる最大の贈り物、愛情の証とは、自分の雄々しさを手放すこと。》

雷鳴が聞こえ、稲妻が空を駆け抜け、重たい石が落下して大地が口を開き、不思議な動物たちが丘を逃げ惑う。《雄々しさ！》とエックスは叫び、すると王は、突然小さくなって、王は、おもちゃのポニーのようになって、王は、粘土人形のようになって、チョコレートの王様のようになって、うつぶせに倒れて、王様は、降参して、泥の中に沈んでいく、小さな王様は、打ち負かされて、消えてしまう。うめき声をあげて、死ぬ。

一月、一一月、一二月、そして
少なくとも、
楽園の川の二つが失われている。

訳者あとがき

本書は、モンテビデオ（ウルグアイ）生まれの作家クリスティーナ・ペリ＝ロッシ（Cristina Peri Rossi, 一九四一年〜）が一九八四年にバルセロナで発表した *La nave de los locos* の全訳である。

将来自分は作家になる、とわずか六歳のときに宣言したというペリ＝ロッシは、一九六三年にデビュー作となる短編集を刊行して夢を叶えた。それから現在に至るまで、詩、短編、エッセイ、新聞や雑誌の記事、翻訳など複数の分野にわたって執筆活動を続けている。二〇世紀後半以降に活躍した（している）ラテンアメリカの女性作家といえば必ず名の挙がる存在だというだけでなく、ブームの作家たち（ガブリエル・ガルシア＝マルケス、マリオ・バルガス＝ジョサ、フリオ・コルタサル、アレホ・カルペンティエル、カルロス・フエンテスら）に続く世代の中でも特に注目を集めた書き手の一人でもある。彼女の作品は世界で二〇以上の言語に翻訳されているというが、訳者の知るかぎり、これまで日本語に訳されたのは一篇の短編小説のみである（木村榮一訳「人間もどき」、『恐竜の午後』所収、『すばる』一九八七年六月号掲載）。

ペリ＝ロッシの代表作の一つである本作は、軍部が跋扈《ばっこ》する南米を脱出して大西洋を渡ったエックスが、亡命先の各地で変わり者や社会の周縁に置かれた人たちとの出会いを重ねていく遍歴の物語である。

著者が自ら編んだ『短編作品集（*Cuentos reunidos*）』（二〇〇七年）には、圧政や亡命に関する作品から始まり、性（ジェンダー、セクシュアリティの両面）をモチーフとした作品群に移り、最後は謎かけのような詩的作品で結ぶという流れがあり、その全体に言語や記憶や欲望についての考察が差し挟まれているが、これはいずれも本作に通じるものである。また、『狂人の船』原書の表紙には小説（Novela）と明記されているものの、作中人物モリスが出版社に持ち込んだ自作原稿のジャンルを問われて思案しつつ答えたように、短めの小説（novela corta）とも長めの短編（cuento largo）とも物語的なエッセイ（ensayo narrativo）ともいえる、全体的には叙事詩的な性格（carácter épico）を持つ中に詩的な断片（algunos fragmentos poéticos）を含んだ、定義しがたい作品である。

それゆえ、最初から最後まで読者の注意を惹きつけて離さないといった類の読み物ではない。一気に読み切るというよりは、詩集のように、自由なペースで読み進め、気に入った一節を見つけたり、腑に落ちない箇所にまた立ち戻ったりするような読み方に誘われる。まずは感覚的に捉え、それを頭で理解したいと思わせる要素に満ちた作品だといえよう。

そもそも、主人公エックスからして捉えどころがない。アルファベットのXをスペイン語読みにした名前——原文ではエキス（Equis）——は、具体性を欠くがゆえにいかなる意味づけにも縛られることがない存在だし、数学における変数のように、誰でもそうなりうる存在でもあろう。第二章冒頭のエピグラフ（出エジプト記からの引用）や第四章でエックスが呼び止めた女性と交わした会話には、人は誰もが、ときには意志に反して、よそものの立場になる可能性があるという考えが示されている。他方で、第二章の冒頭には extranjero（エクストランへーロ＝外国人・よそもの）、extrañamiento（エクストラニャミエント＝奇異感・国外追放・別離など）などの語が列挙されており、エックスという名には接頭辞 ex-（外に、外へ、～を離れて）との関係が示唆されているようにも思われる。

また、本作はいくつもの断章によって構成されているが、はじめの一〇章は前後のつながりが見えづらく、読者は戸惑いを覚えるかもしれない。エックスがM島にたどり着き、新たな人間関係を築く兆しの見える第一二章以降になってようやく章と章のあいだに連続性が生まれ、ストーリーが動きはじめる。

ところで、混沌とした物語に秩序を与える仕掛けとして機能するのは、第二章と第三章のあいだの断章で紹介されたジローナ大聖堂の「天地創造のタペストリー」である。作中の表現によれば、この織物は「完璧に求心的で秩序のある世界を構築することが可能だった中世の宗教性」に対応しており、「ほぼ半分が消失してもなお、［……］頭で思い描く枠組みの中でなら全体像を復元できる」ような幾何学的な構造を備えているために「私たちの逃亡や離散の悲しみを、秩序の失われた状態の悲惨な経験を修復してくれる」ものだという。

タペストリーの中心に位置する創造主の図像と、その周りに配された「旧約聖書」冒頭の文句を呈示する断章（第一一章の直前部分）をはじめとして、創造主像を取り囲む円環に描かれた「天地創造」の各場面の描写が断片的に差し挟まれていく。そしてそのタペストリーの描写の展開が、エックスをめぐる物語を背後から支える。たとえば「闇の天使」を描いた断片の後に「堕天使」の章が続き、「光の天使」の後には、「堕天使」の章の老婦人と対を成すようなグラシエラとの出会いを描いた「島」の章がある。人類初の月面着陸を果たしたゴードンを中心に展開する「失われた楽園」の章に次いで、太陽と月の図像が示される。天地創造の円環を完結させる「エバ」の誕生の描写の直後に「エバ」の断章がある……というぐあいである。エックスの物語が結末を迎えると、それに次いでタペストリーの消失部分に描かれていたはずの要素が列挙され、完璧な秩序の取れた世界の像はもはや存在しないが、それを想像することはできるということが示唆されている。

*

この作品は、著者が亡命という「痛みを伴う複雑な経験」をしてから一〇年以上の時が経ち、それを客観視することができるようになってから書きはじめられたものであり、アイロニーとユーモアを織り交ぜての執筆は彼女にとってカタルシスとなったという。以下、『狂人の船』との接点に注目しながら、本作を執筆する時期までの半生とその時代背景をまとめてみたい。

ペリ＝ロッシは、カナリア諸島にルーツを持つバスク系ウルグアイ人の父親（ペリ家）とイタリア系移民二世の母親（ロッシ家）とのあいだに生まれ、母方の家族に囲まれてイタリア的な雰囲気の中で育った。しゃべりはじめた頃から言語感覚が鋭く、文を正確に組み立てるのみならず比喩を使って会話していたという。おじの書架には古典からヴァージニア・ウルフにいたる様々な文学作品、フロイト全集、サルトル全集、ボーヴォワールの著作などがあり、クリスティーナは、内容がほとんど理解できないうちから、書斎に忍び込んではそれらの本を次々と読んでいった。また、女の子は口笛を吹いたりサッカーをしたりするものではないと教える大人たちに反発していたという。このような逸話には、「三つ子の魂百まで」といった印象を受ける。

一九六〇年に大学（教員養成学校）へ入学したペリ＝ロッシは、ほぼ同時に、日本の高等学校にあたる大学予備課程で教えはじめ、一九六四年に比較文学の学位を取得した。念願の作家デビューを果たしたのはその前年のことである。

その頃のウルグアイでは、一九五〇年代後半からの経済危機、そして五九年のキューバ革命に触発されて生まれた都市ゲリラ組織トゥパマロスの活動などにより、社会が不安定化していた。一九七一年の選挙で選出されたフアン＝マリア・ボルダベリー大統領は翌七二年の就任後まもなく内戦状態を宣言し、軍の助力を得てゲリラを鎮圧することになる。一方、一九六八年の世界的な学生運動のうねりはウルグアイにも届いており、ペリ＝ロッシは同時代の多くの若者と同様、「イデオロギーというより友情のため」にこの運動に加わったというが、一参加者をこえて、ウルグアイの若手知識人を代表する一人となる。ブームの作家たちやサルトル、レジス・ドゥブレらが参加した左派系の雑誌『マルチャ』に寄稿したり、軍事クーデターを予見するような作品を発表したりした彼女は、軍部から危険人物として目をつけられてしまう。かくまっていた教え子が拉致監禁されたことをきっかけに、一九七二年一〇月四日の早朝、友人の車に隠れてモンテビデオ港へ向かうと女友達と二人で大西洋横断船に乗り込み、二週間を越える船旅の末スペイン（バルセロナ）へ亡命した。

彼女がウルグアイを去ってから約九ヶ月後の七三年六月末、ボルダベリー大統領は軍の支持を得て国会と地方議会を閉鎖した。それから三年後、今度は軍部が大統領を追放し独裁体制を築く。民政移管が達成されるのは八五年のことである。それまでのあいだ、彼女はバルセロナを本拠地として、創作・執筆活動を行いながら祖国ウルグアイの軍政を打倒するための活動に尽力し続けた。

　ちなみに、本作の第九章「セメント工場」に描かれているのはウルグアイの隣国アルゼンチンの軍政（一九七六〜一九八三年）による市民への弾圧である。セメント工場＝軍政下の強制収容所での日々を生き延びたウェルキンゲトリクスは、自分たち「行方不明者（デサパレシードス）」が過酷な労働を強いられているあいだも町では平穏な日常が続いており、新聞は「背番号一〇番」のフォワード選手の鮮やかなゴールについて報じ、彼を「ボールの魔術師」と称えるだろうと考える。その選手とはもちろん、アルゼンチンが生んだ世界的スター、ディエゴ・マラドーナのことだ。この時代、軍事政権によって一万人から三万人にものぼる人びとが治安維持を名目に拉致され、秘密収容所に監禁されて拷問を受け、場合によっては殺された。本作では「海辺の墓地」の比喩で示唆されている、飛行機から生きたまま海に投げ落とすという処刑も実際に行われていたものである。取り締まりの対象とされたのは、過激な行動を展開したゲリラの関係者だけではなかった。労働組合員、弁護士、宗教関係者、知識人、学生、ユダヤ人など、少しでも軍部の統治に対する脅威になるとみなされれば誰でも行方不明にさせられ、「汚い戦争」と称される弾圧の被害者となった。

　さて、ペリ＝ロッシが亡命した当時のスペインはフランシスコ・フランコの独裁政権（一九三九〜一九七五年）の末期にあった。厳しい検閲が行われていた同国ではウルフもサリンジャーもまだ読まれておらず、それどころかウルグアイでこどもの頃に見たナチスの強制収容所についての映画も知られていなかったので、時を遡って過去に到着したように感じたという。また、正式な滞在許可のなかった彼女は三ヶ月ごとに国境を越えてフランスに入ってはスペインに戻ることを繰り返していたが、そのついでにスペインで上映が禁じられていた映画、たとえば『ラスト・タンゴ・イン・パリ』や『ソドムの市』や『愛の嵐』を観ていたそうだ。

亡命中には嬉しい出会いにも恵まれた。一九七三年のこと、マルチャ賞の受賞作『私のいとこたちの本（*El libro de mis primos*）』（一九六九年）がパリ在住のアルゼンチン人作家コルタサルの目に留まり、敬愛するこの作家との親交がはじまる。一九七四年にウルグアイ国籍を剝奪されたペリ＝ロッシは、スペイン国籍を取得するまでの数ヶ月間パリに身を寄せているが、おそらく彼の助力もあったのだろう。七五年以降はバルセロナで会うことが多くなり、七〇年代後半の数年間は夏になるとコルタサルの友人夫妻（ニカラグアの女性詩人クラリベル・アレグリーアと米国の元外交官D．J．フラコール）が住んでいたマジョルカ島のデイアを共に訪れたという。この場所が、エックスのたどりついたM島のプエブロ・デ・ディアスのモデルである（M島がマジョルカであることは、ラモン・リュイの滞在地という手がかりによって示されている）。ペリ＝ロッシはこの村について「世界中から頭のおかしい人たち（los locos）が集まってくるという評判」があり、この場所に住みついた「ヒッピーやエキセントリックな人たち」のことを本作に書いたと回想している。もっとも、「頭のおかしい人たち」という表現に否定的な含みはない。プエブロ・デ・ディオスの描写からも、デイアでの日々を回想する語りからも、著者はむしろおかしい人とみなされる側におり、いわばはみだし者の世界で楽しんでいる様子がうかがわれる。

一九八〇年、ペリ＝ロッシはドイツ学術交流会の招聘を受けてベルリンに八ヶ月間滞在したが、この街も狂人の船のような秘密めいた場所だったという。この時期に書いた詩篇を収めた詩集『雨の後のヨーロッパ（*Europa después de la lluvia*）』（一九八六年）に、ミシェル・フーコーへの献辞を付し、霧の海に浮かび戻らぬ旅へと向かう狂人船の光景を描いた、まさに「狂人の船」と題した詩篇がある。彼女はかつてこうした情景を夢に見たことがあり、あるときフーコーの『狂気の歴史』（一九六一年）に狂人船の記述を見つけて驚いたと語っている。また、海辺でもないのに狂人の船に乗っているような印象を与えるという、ベルリンをモチーフとした詩篇がある。さらに、その他の詩篇にも本作との接点が見いだせる。たとえば同市郊外のグルーネヴァルト地区のヴァン湖《ゼー》を描いた二篇では、失われた調和の時代への郷愁をかきたてる湖に神秘的なガチョウが泳いでいる。この場所は、パーシヴァル少年がアヒルに会いに訪れる公園の着想源となったのではないか。しかも、グルーネヴァルトにはナチスがユダヤ人を収容所に移送した貨物列車の始発駅が残されている。「ロンドン」の章でユダヤ人妊婦を運ぶトラックが想起される背景には、著者の意識に刻まれた、このような記憶が影響しているのではないだろうか。

モデル探しが作品の理解につながるわけではないが、テクストの外部に目を転じると、『狂人の船』のストーリー展開は、著者が本作を執筆するまでの歩みをなぞっているようにも思われる。

*

ペリ＝ロッシは、文学作品にはそれが書かれた時代が否応なく反映されるだけでなく、作家は社会の問題に答えるべきだという立場を示している。実際のところ本作には、政治亡命、世界各地に生まれた軍事政権による弾圧、狂気の問題、都市生活の孤独と精神疾患、環境汚染や消費社会やモータリゼーション、ナチスによるユダヤ人の迫害、家父長制的な男権社会に対する抗議や女性が被ってきた抑圧の告発、男性中心的な文学の伝統に対する異議申し立て、人工妊娠中絶をめぐる議論、性とアイデンティティをめぐる問題、同性愛、異性装《トランスベスタイト》など、一九七〇年代から八〇年代にかけて注目を集めたトピックがこれでもかというほど盛り込まれている。

なかでも重きが置かれているのは、南米軍事政権下での人権侵害、狂気と正気（異常と正常）をめぐる問題、女性に対するさまざまな形での抑圧、ナチスによるユダヤ人の迫害である。そして、これらの問題は類推によって結びつけられている。たとえば、第三章でジュリー・クリスティーが演じるヒロイン――『デモン・シード』のスーザン――に襲いかかるマシーンは「男根の象徴」と言い換えられ、同時に独裁政権にもなぞらえられる。第一九章では様々な連想が示される。エックスは、妊娠中絶ツアーを手がける会社の蛍光灯を見て、手術が行われるロンドンのクリニックや精神病院の独房を思い浮かべる。ツアーの空きをめぐる社長とルシアのやりとりを眺めながら、ナチス時代のドイツでユダヤ人妊婦たちを化学実験に使ったボイエル（Boyer）社のトラックのことを考える。ルシアをロンドンに連れて行く前夜、眠れない彼はアフリカの少女たちの陰部を閉じるための巨大な棘や制服を着た軍隊の姿を思い描く。そしてバスの中ではルシアに次のように語る。

外を歩き、大勢の人の間を通り抜けるときに、つまらない偶然がどれだけ集まったらこれほどの群衆を出現させられるものかと考えるんです。〔……〕ロンドンへ向かうバスや飛行機、収容所からボイエル社へ女性たちを運んで行くトラック、閉じられたように見える子宮の中での信じられないような生命の誕生、大量の人間が行方不明になること、一個のコンドームの中にある運命の変わり目。

エックスが列挙するモチーフの共通点とは何だろうか。そのヒントは、ルシアのことばのなかにある。

わたしはもう決して再び、しずくの形をした偶然がすべりこむのを許さない。でもわたしに偶然が止められるでしょうか？　屈辱的なのは、このバスや沈黙のツアーやすばやく手術を行うクリニックだけではありません。自分が偶然の、つまりもう一つの抑圧の被害者であると知ること自体が屈辱なんです。もう、二度と男の人とは寝ないつもりです。男性を介して偶然がわたしたちの人生に忍び込んで来て、わたしたちを服従させる。毒を注ぐんです。もう、二度と。男の人たちを介して隷属状態が広がって、わたしたちは鎖につながれるんです。もう、二度と。

望まないのに妊娠し、女性であるがゆえに自らが対策を講じざるをえず、自国では中絶手術が受けられないためにロンドンをめざす女たちを乗せた飛行機やバス。ホロコーストの時代に生まれ、ユダヤ人であり、女性であり妊娠しているという理由で人体実験の材料とされる人たちを運ぶトラック。

陰部縫合の風習を持つ村に生まれる命。秩序を脅かす恐れがあると見なした者を恣意的に抹殺する、暴力的な体制。避妊具に偶然あいていた小さな穴を偶然にすり抜けた精子の受精。これらのいずれにも、自らの意志や責任とは関わりのない次元で働く、抗いがたい力の支配下に置かれた存在がある。冷徹なマシーンや独裁政権、巨大な棘や制服を着た軍隊は抑圧の主体であり、ツアー会社やクリニックや精神病院の独房は、抑圧の行われる場である。

南米軍事政権による市民の弾圧、ナチスによるユダヤ人の迫害、狂人や異常者（と見なされた人たち）の監禁や排除には、それぞれ固有の経験や意味があり、同列に論じることができないのはもちろんのことであり、そこに女性に対する抑圧の問題を並べるのはなおさら無理があるようにも思われる。しかし、エックスの連想やルシアの言い分、それに加えて「他の人に攻撃性を向けないこと」を主題としてこの小説を書いたという著者のことばを考慮すれば、これらの要素を一つの作品の中に織り込んだ、独自の問題意識が浮かび上がるのではなかろうか。

*

本書の翻訳にあたっては、Seix Barral社のBiblioteca de Bolsillo版（1989）を底本とした。また、Psiche Hughesによる英訳（London, Allison & Busby, 1988）を適宜参照した。なお、冒頭に掲げられた三つのエピグラフについてはそれぞれ澤田直訳（フェルナンド・ペソア『不安の書』、思潮社、二〇〇〇年）、柳下毅一郎訳（J．G．バラード『クラッシュ』、創元SF文庫、二〇〇八年）、由良君美訳（ジョージ・スタイナー「言語動物」、『脱領域の知性』所収、河出書房新社、一九八一年）を、「出エジプト記」からの引用は新共同訳を、「天地創造のタペストリー」の銘文については金沢百枝訳（『ロマネスクの宇宙――ジローナの《天地創造の刺繍布》を読む』、東京大学出版会、二〇〇八年）を参照した（文脈に合わせて訳語を改めた箇所もある）。また、カヴァルカンティの詩についてはイタリア文学者の土肥秀行氏に、「リリー・マルレーン」についてはドイツ文学者の羽根礼華氏に解釈や定本との表記の異同などをご教示いただいた上で、表記の誤りと思われる箇所も含めて原文のまま記した。

〈創造するラテンアメリカ〉のシリーズから翻訳書を出さないかという打診を受けてから、かなりの年月が経過してしまった。刊行に至るまでには多くの方のお力添えをいただいた。全員の名前を挙げることはできないが、声をかけてくださった柳原孝敦先生、久野量一先生、ペリ＝ロッシ作品と出会わせてくださった旦敬介先生、まだ大学院生だった訳者に資料を貸してくださった斎藤文子先生と故・石井康史先生、ぎこちない下訳の段階から丁寧に読み、的確なアドバイスをくださった松籟社の木村浩之さんをはじめ、お世話になったすべての方に、この場を借りてお礼を申し上げたい。

南映子

［訳者］

南　映子　（みなみ・えいこ）

1980年生まれ。東京大学教養学部卒業、同大学院総合文化研究科博士課程修了。
現在、中央大学経済学部准教授。
専攻はラテンアメリカ文学、ラテンアメリカ地域研究。

著書に『アーサー王物語研究 : 源流から現代まで』、『モダニズムを俯瞰する』（いずれも共著、中央大学出版部）がある。

〈創造するラテンアメリカ〉6

狂人の船

2018年6月30日　初版発行　　　定価はカバーに表示しています

著　者　　クリスティーナ・ペリ＝ロッシ
訳　者　　南　映子
発行者　　相坂　一

発行所　　松籟社（しょうらいしゃ）
〒612-0801　京都市伏見区深草正覚町1-34
電話　075-531-2878　　振替　01040-3-13030
url　http://shoraisha.com/

印刷・製本　　亜細亜印刷株式会社
Printed in Japan　　装丁　　安藤紫野（こゆるぎデザイン）

 ISBN978-4-87984-366-1　C0397